Alain POTEL

Nous ne sommes pas dupes

Vérone éditions

Envois de manuscrits :
Vérone éditions – 75 boulevard Haussmann – 75008 Paris

Le Monde ne sera pas détruit par ceux qui font du mal, mais par ceux qui les regardent sans rien faire.

Albert Einstein

Un autre monde est possible... à une condition... *le vouloir*...

Benjamin Franklin

La libre communication des pensées et des opinions est un des droits les plus précieux de l'homme, tout citoyen peut donc parler, écrire, imprimer librement.

C'était ce que stipulait la Déclaration des droits de l'homme en 1789.

INTRODUCTION

La France est le pays des droits de l'homme et de la liberté d'écrire et de s'exprimer ; cela fait partie des acquis de notre république et nous en sommes fiers.

L'information est présente partout et nous y avons tous accès. Finalement, tout va pour le mieux dans le meilleur des mondes.

Et si la réalité n'était pas celle que l'on croit, ou plutôt celle à laquelle on essaie de nous faire croire ?

L'afflux d'information peut être néfaste, surtout si celle-ci est orientée. Pourtant le rôle des médias est bien de nous informer, et non d'occulter des sujets pour véhiculer une pensée universelle.

Le monde médiatique est devenu aujourd'hui un centre d'affaires et de profit à part entière.

Pour s'en persuader, il suffit de voir qui dirige les grands quotidiens, les chaînes de radio et de télévision. Des liens très étroits existent entre hommes d'État et patrons de presse. La politique est devenue du marketing et du *show-biz*.

Nous avons le record du monde de politiques par habitant. Le « système » politique est devenu de plus en plus corrompu. Il n'y a pas qu'aux États-Unis où médias, pouvoir et argent font bon ménage.

Les médias nous assomment d'informations souvent sans grand intérêt, dans un objectif bien précis mais non avoué, sachant que le plus important c'est souvent ce que l'on nous cache et non ce que l'on nous dit.

Nous cherchons tous à comprendre le monde dans lequel nous vivons. Cela devrait être un des objectifs prioritaires de l'information. Au lieu de cela, on constate que l'information qui est diffusée consacre énormément de temps à des faits divers, des enquêtes sans grand intérêt, et tout ce qui impacte la consommation des Français. Trop souvent, des informations sont martelées en boucle avec des commentaires insignifiants.

Pourquoi nous entraîne-t-on à penser, raisonner, agir suivant un schéma bien établi ? J'ai souhaité mettre le doigt sur des réalités quelquefois cachées. Ce livre n'est pas un pamphlet, c'est un constat que je voulais faire partager.

Je reste convaincu que beaucoup d'entre vous ont envie de comprendre les vraies causes de la dette. Pourquoi la France s'est-elle alignée sur des directives européennes bien souvent néfastes, et qui vont à l'encontre de l'intérêt général de la France et des Français ? Enfin, pourquoi les États-Unis cherchent-ils à entraîner des peuples dans des guerres bien souvent sans issue ?

Nous cherchons tous à savoir pourquoi nos politiques nous cachent autant de choses et pourquoi ils refusent de nous en parler.

Ce livre est le fruit de réflexions, d'investigations diverses et de convictions personnelles.Cet essai a pour fil conducteur un certain nombre d'événements historiques, économiques et politiques souvent mal connus du public, parce que mal relatés par les médias. Ces événements sont suffisamment importants pour s'y pencher, et ont permis d'alimenter ma vision.

Ce livre n'est pas un roman ; le lecteur pourra à sa guise appréhender les chapitres dans l'ordre qu'il le souhaitera. Cela ne posera aucun problème de compréhension, dans la mesure où sciemment, j'ai fait des redondances sur des faits ou des avis personnels qui me paraissaient importants.

Nous cherchons tous à comprendre, dans cette société, qui sont ces marionnettistes qui agitent les ficelles, et dans quel but.

Je voulais vous faire part de mon ressenti et de mes opinions, peut-être quelquefois en marge du politiquement correct. C'est un choix guidé par un souci de sincérité.

Je me suis efforcé de rendre la lecture accessible à tous, en souhaitant que cet essai puisse vous passionner.

Dans ce livre, j'utilise sciemment, à différentes reprises, le terme « système ». Il faut comprendre une classe dirigeante qui cherche à faire main basse sur le pouvoir, que celui-ci soit politique, médiatique ou sous tout autre forme. Dans ce cas bien précis, le terme « système » est entre guillemets.

L'IMMENSE POUVOIR DES MÉDIAS

Je crois au génie du peuple tant que les médias de masse ne l'abrutissent pas pour le transformer en masse abêtie.
Michel Onfray

On ne compte plus le nombre de quotidiens et d'hebdomadaires qui paraissent dans les kiosques, ainsi que le nombre de chaînes de radio et de télévision à notre disposition. Nous avons la quantité mais la qualité est-elle au rendez-vous ?

Suite à un sondage effectué en 2016 par une radio généraliste sur la confiance que pouvaient avoir les Français envers les médias, 77 % de personnes ont déclaré : « Les médias nous mentent. » Le moins que l'on puisse dire, c'est que cela interpelle. Alors, phénomène de mode ou réel problème de notre société ?

Il est important de se rappeler qui dirige les grands médias aujourd'hui, si nous voulons avoir une vision plus juste des informations qui nous parviennent.

Parmi les dix plus grandes fortunes professionnelles de France, on retrouve, derrière Liliane Bettencourt, les grands patrons Bernard Arnault, Serge Dassault, Patrick Drahi, Vincent Bolloré. À l'exception de Liliane Bettencourt, ces grands groupes détiennent vingt-cinq chaînes de télévision nationales en France et la quasi-totalité de la presse et de l'information. Édouard de Rothschild a racheté le journal Libération en 2005, et Patrick Drahi a racheté ce même journal en 2014. Pardon, le terme « sauvé » est paraît-il plus approprié.

Voyons maintenant qui détient quoi :

– Arnault Lagardère est présent dans l'armement mais aussi l'aéronautique, l'édition, l'audiovisuel et la presse. Il possède Europe 1, Europe 2, RFM, dix-sept radios et onze chaînes thématiques.

– Serge Dassault, avionneur renommé, détient les journaux Le Figaro, Valeurs actuelles…

– Martin Bouygues, présent dans le BTP et l'immobilier, détient TF1, LCI et NTI.

– Vincent Bolloré possède l'institut de sondage CSA, Canal Plus, Direct 8 et CNews.

– Patrick Drahi détient Libération, L'Express et les radios BFM et RMC.

– Bernard Arnault possède LVMH et les journaux Le Parisien, Les Échos.

Le trio d'hommes d'affaires Bergé, Niel et Pigasse contrôle l'Obs et Le Monde. Xavier Niel a déclaré un jour : *Quand les journalistes m'emmerdent, je prends une participation dans leur canard et ensuite ils me foutent la paix*.

Le paysage médiatique est le miroir d'une dizaine de grands milliardaires. À l'époque de l'Union Soviétique, Lénine contrôlait La Pravda, aujourd'hui les journaux sont mis sous tutelle de dix personnes fortunées. Pourtant, il semble que l'on fasse peu d'argent avec la presse, et ceci malgré les aides colossales apportées par l'État à de nombreux journaux. L'intérêt de posséder la presse n'est-il pas un moyen de pouvoir répandre sa propagande ?

Le Monde et Le Figaro sont les quotidiens les plus subventionnés : de l'ordre de dix-huit millions d'euros par an chacun.

Si on fait le total des deux cents titres de presse, l'addition devient salée ! Par contre, certains rares journaux souhaitent conserver leur indépendance, mais dans ce cas ils sont assujettis à des taxes plus élevées.

Bien sûr, il y a un intérêt économique à contrôler les médias ; cela devient un outil pour faire du business.

La plupart de ces grands groupes industriels sont liés à l'État, soit par des commandes qu'ils reçoivent soit par des liens très étroits qu'ils entretiennent avec les politiques.

Les grands instituts de sondage tels qu'IPSOS et CSA sont étroitement liés à des grands patrons. Vincent Bolloré est patron de Vivendi et CSA, et Martin Bouygues est au conseil d'administration d'IPSOS.

La question est de savoir si les instituts de sondage sont là pour nous informer ou pour nous influencer. Ils se sont trompés lors de l'élection du Président des États-Unis ainsi que pour la sortie du Brexit. Les instituts de sondage sont sous influence ; c'est une triste réalité.

Hommes d'affaires et hommes politiques sont fascinés par les journalistes. Quelquefois, les relations entre journalistes et politiques sont très proches, trop proches même. Le nombre de politiques qui sont mariés avec des journalistes ne se comptent plus.

Avec les deux anciens présidents de la République, la situation s'est considérablement aggravée. Ils misaient beaucoup sur le milieu médiatique. L'un avait des liens très étroits avec les grands patrons de presse, l'autre se vantait de passer un tiers de son temps avec les journalistes.

Autrefois, on parlait de la presse comme du quatrième pouvoir. Aujourd'hui, les médias sont devenus un atout essentiel pour formater l'opinion publique.

Avant, c'était le clergé qui était le garde-fou de la morale de la société française, aujourd'hui il n'y a plus de limite.

L'ORTF fut critiqué comme chaîne de l'État, car il était partiellement sous contrôle du ministère de l'Information. De Gaulle savait se servir de la télévision pour faire passer ses messages aux Français. Aujourd'hui, la chaîne privée TF1 de Martin Bouygues (qui appartient à hauteur de 10 % à la banque américaine JP Morgan et à quelques autres fonds de pension américains), est celle qui fait le plus d'audience. Et pour ceux qui en veulent plus, il y aussi myTF1 ; là, c'est en perfusion que l'on nous soigne !

Cette chaîne veut formater notre cerveau et nous entraîner à ne plus penser par nous-mêmes. La question est de savoir si on peut laisser une telle puissance de frappe entre les mains du secteur privé, soutenu par des intérêts la plupart du temps américains et financiers.

Quant au groupe France Télévisions (France2, France 3 et France O), il appartient à l'État ; son PDG est nommé par le président de la République).

La question est de savoir si dans ce contexte, le journaliste peut encore exercer son métier en diffusant sa propre opinion des événements.

Il semble bien que beaucoup de journalistes soient utilisés aujourd'hui comme des pions, contraints de véhiculer des messages en cohérence avec les souhaits de leurs employeurs. La parole des journalistes est aujourd'hui totalement aseptisée. C'est somme toute logique mais navrant pour une information qui n'accepte pas le pluralisme.

Il n'y a presque plus de journalisme d'investigation. Les grandes agences de presse comme AFP, Associated Press ou Reuters vendent aux médias de l'information. Il n'est donc pas étonnant de retrouver les mêmes reportages sur différents médias. Certains invoquent que pour des raisons budgétaires, on ne peut envoyer des journalistes aux quatre coins de la planète. C'est juste, mais à tout prendre je préférerais une information axée sur la qualité et non la quantité. La confiance des Français dans les médias se dégrade d'année en année. Pour preuve, le classement par Reporters sans Frontières qui classait la France à la quarante-cinquième place de la liberté de la presse dans le monde en 2016. La dégringolade est constante depuis de nombreuses années. En 2002, la France tenait la onzième place et depuis 2010, on flirte avec les quarantièmes places.

Sans surprise, ce sont les pays scandinaves qui occupent les premières places. Rien d'étonnant à ce que la Corée du Nord ferme la marche. Par contre, il est plus choquant de voir tous les pays d'Europe devant la France, à l'exception de l'Italie.

Il faut probablement corréler la grande dépendance des médias à une France aujourd'hui affaiblie et beaucoup trop soumise. Directives économiques européennes imposées, dirigeants politiques contestés pour la plupart, ont constitué le ciment de cette situation. A contrario, après la dernière guerre et durant les Trente Glorieuses, la France connaissait la croissance économique et le chômage au plus bas niveau, associés à un progrès social et culturel. Cependant l'information, bien que moins prolifique, n'était pas contestée.

Il ne faut jamais oublier que lorsque la France est malmenée, elle se rebiffe, cela fait partie de notre culture, il faut s'en souvenir.

Ce qui déçoit peut-être le plus, c'est le comportement de nombreux médias de gauche durant ces dernières décennies, qui critiquaient avec véhémence les représentants de l'ordre ou du milieu ecclésiastique. Il eût été probablement beaucoup plus judicieux de se pencher sur les vrais problèmes, à savoir l'ascension d'une ploutocratie qui mettait en place un système de domination du monde.

Aujourd'hui, aux États-Unis, les médias sont détenus par six grandes institutions économiques. Des liens étroits existent entre les médias, la CIA, le FBI et une partie de la justice.

Shary Attkinson, ex-journaliste à CBS et CNN, est devenue ensuite journaliste indépendante d'investigation. Elle explique comment elle a été espionnée électroniquement suite à ses nombreuses enquêtes d'investigation. Elle a rédigé plusieurs ouvrages, notamment *Stonewelled* et *The Smear*. Elle explique lors de différentes conférences à quel point les images que l'on nous montre tous les jours sont manipulées, aseptisées par des forces politiques et financières, selon ses termes. C'est une manipulation de l'opinion publique en règle, afin de façonner notre pensée. C'est toute la qualité du journalisme d'investigation qui en pâtit.

Le député des Pyrénées-Atlantiques, monsieur Jean Lasalle, déclarait lui-même à ce sujet :

La télé d'aujourd'hui, la radio d'aujourd'hui, les médias d'aujourd'hui vous mentent effrontément. C'est un mensonge absolu.

Les médias ne peuvent évidemment pas promettre l'objectivité, mais ils doivent au moins être honnêtes.

Le journaliste doit apporter un éclairage sur les évènements ; il doit nous aider à comprendre, à décrypter des faits et non faire de la surenchère sur les événements.

Un éditorialiste de La Tribune mettait le doigt sur la difficulté à faire le tri sur les informations, par ces propos :

Le problème des médias de grosse diffusion c'est qu'il y a des pépites à découvrir dans un univers de poubelles.

Les médias se servent avec pertinence des supports radio et télévision. Tantôt ils augmentent le volume pour nous vendre leur « salade », tantôt ils coupent le son et occultent ainsi un événement ; cela s'appelle de la censure.

Le Monde vient d'annoncer un outil Décodex pour trier les fausses nouvelles. C'est le retour des livres interdits du Vatican. Ce qui est choquant c'est que le quotidien Le Monde s'octroie le droit de juger, de censurer. Ce serait plutôt le rôle du CSA et non d'un quotidien. Affaire à suivre…

Le dernier mercredi de chaque mois a lieu à l'Hôtel Crillon, place de la Concorde, un rendez-vous appelé « le dîner du siècle ». C'est probablement le club secret le plus puissant de France. On y trouve les élites du monde économique, politique et aussi du milieu médiatique.

Impossible de s'infiltrer, de filmer ou de capter la plus petite information. La liste des participants n'est pas tenue secrète mais le fait que rien ne puisse ressortir de ces réunions suscite déjà le soupçon. La question est de savoir pourquoi certains journalistes sont présents, sachant qu'ils n'ont pas le droit de diffuser d'informations. C'est le monde à l'envers !

Dans le film *Les nouveaux chiens de garde*, le réalisateur dénonce un lieu de collusion entre médias, politiques et hauts dirigeants.

Il en est de même pour le Bilderberg, haut-lieu des échanges entre élites de l'Occident. Je reviendrai un peu plus loin sur ce sujet.

Les médias nous manipulent, ils cherchent à nous imposer une opinion qui leur sied et ce qui est plus grave à mon avis, ils veulent nous entraîner à ne plus réfléchir, voire dans certains cas, nous abêtir. On peut dire que certaines émissions de télévision, qui plus est à des heures de grande écoute, ne respectent même pas l'auditeur tant le contenu est nul, malsain et irrespectueux. Je pense que ces médias sont néfastes, principalement pour des populations qui n'ont pas toujours la possibilité de s'informer par d'autres réseaux. On nous entraîne à réagir sur l'instant, par des propos ou des images choc, plutôt que de nous accompagner à analyser les événements de manière sereine, et de nous permettre de nous forger notre propre avis. Montrer des émissions débiles, c'est aussi mentir aux gens en leur faisant croire qu'ils sont intelligents. Tout est relatif ! Mais c'est aussi une manière de manipuler des personnes crédules.

On ne peut s'empêcher de penser que toute cette propagande aura forcément une incidence lors d'élections, présidentielles ou autre, sachant que certains sondages sont volontairement orientés.

Alors, me direz-vous, comment bien s'informer ?

Ne resterait-il que les médias alternatifs via internet ?

L'information existe bien en quantité mais pas toujours en qualité. Nous ne sommes jamais sûrs que l'information soit vraie ou fausse. Il faut avoir un esprit critique affûté et pouvoir recouper les informations.

Il faut y consacrer du temps, quelquefois beaucoup de temps, pour pouvoir analyser telle ou telle information dont l'exactitude semble discutable.

Mais après tout, n'est-t-il pas préférable d'avoir une information libre, même si celle-ci peut être déformée voire mensongère, plutôt qu'une information polluée qui est sous le contrôle de hauts dirigeants ?

Auparavant, on consultait la presse de tendances différentes. On achetait un journal de droite et un journal de gauche et on faisait soi-même sa propre synthèse. Aujourd'hui, les médias penchent vers un langage universel qui ne nous satisfait pas.

Heureusement, on voit de plus en plus de citoyens, experts ou non, qui ont décidé de s'investir pour nous apporter des informations précieuses.

Le groupe Bilderberg est un regroupement composé d'élites des États-Unis, du Canada, de l'Europe ainsi que des représentants des pays du Golfe.

Il a été fondé par David Rockfeller dans les années cinquante pour lutter contre la menace communiste.

Ces élites rassemblent des hommes de la politique, des médias, de la banque ainsi que des dirigeants de hautes sociétés. Ils se réunissent une fois par an dans un pays organisateur avec un service de sécurité extrêmement efficace.

Société secrète, ce n'est pas sûr, mais institution pour centraliser les pouvoirs, c'est certain. L'ensemble de ces élites cherchent assurément le maintien de leurs privilèges et de leurs acquis.

Il semblerait que lors de ces réunions, des orientations stratégiques soient prises. Ces décisions concerneraient l'économie, la croissance, les fluctuations monétaires, voire des interventions militaires.

Ces orientations peuvent avoir des influences fortes lors des sommets comme le G8.

À la question posée à un ancien premier ministre :

Mais pourquoi vas-tu au groupe Bilderberg ?

La réponse fut :

...Que veux-tu, c'est eux qui nous gouvernent...

Il est acquis aujourd'hui que les hommes politiques sont sous la coupe de la finance.

François Mitterrand avait fait une réponse à peu près semblable, lorsque sa femme Danièle lui avait posé la question suivante :

« Puisque tu as le pouvoir, pourquoi n'appliques-tu pas ton programme ? Je n'ai pas le pouvoir, répondit-il. la France, comme le reste du monde, est assujettie à la dictature financière qui gère tout. »

Mitterrand avait bien compris que le pouvoir des politiques était limité et que le monde de la finance avait déjà pris les commandes.

À l'issue des réunions du groupe Bilderberg, la consigne est toujours la même : ne rien divulguer à l'extérieur, y compris aux médias. Compte tenu du caractère opaque de ces réunions, on peut facilement imaginer les jeux d'influence et collusions de tous ordres qui peuvent s'y pratiquer.

On a vu dans ces réunions des personnalités qui ont été élues plus tard à la tête d'États.

C'est le cas notamment de Jimmy Carter, Margaret Thatcher, Gerhard Schröder et Bill Clinton.

Nous sommes victimes, de la part des médias, d'un matraquage important. TF1, CNews, BFM nous racontent tous la même chose et nous montrent les mêmes images. C'est de la manipulation de masse. Certains faits sont mal relatés, il y a de la partialité voire de la propagande pour vendre les thèses soutenues. Finalement, la pollution dont on nous parle aussi souvent, c'est peut-être bien celle-là.

Les médias occultent volontairement les vrais sujets, ils occupent le terrain avec des informations sans grand intérêt. On nous parle plus de la forme que du fond, on s'attache à de petites remarques sans importance. Dans les débats télévisés, du type *C dans l'air* ou autre, on prend bien soin d'inviter toujours les mêmes personnes. On entend toujours le même discours tenu par des invités qui véhiculent une vision libérale de l'économie, ceux qui sont bien en adéquation avec la parole de Maastricht. Pourquoi n'invite-t-on pas les vrais spécialistes et non ceux payés par le « système » ? Les médias doivent maintenant comprendre que les gens réfléchissent et qu'ils n'acceptent plus que l'on pense à leur place.

Ne soyons pas dupes de toute cette mise en scène. Ne nous faisons pas happer par des informations truquées et des sondages orientés.

Quand on vous présente des experts lors des débats, il faut toujours se poser la question : qui sont-ils et surtout, pour qui travaillent-ils ?

Il faut s'obliger à penser par soi-même, ne pas accepter la « soupe » que l'on nous sert, même si a priori, cela peut paraître appétissant. Ces manipulations, qu'elles soient du domaine des médias, des hommes politiques, des groupes lobbyistes ou de toute autre catégorie, contribuent à nous induire en erreur sur certains faits, à nous abêtir dans un seul but : faire du profit pour une classe dirigeante, et ceci à nos dépens.

L'important ce n'est pas de remplir son cerveau d'informations la plupart du temps sans grand intérêt mais au contraire, de l'éduquer. Pouvoir analyser, faire le tri et se forger sa propre opinion. *Mieux vaut une tête bien faite que bien pleine,* rétorquait Michel Eyquem de Montaigne à Rabelais.

Il faut conserver sa liberté d'analyse ; c'est une attitude qui pourra peut-être sembler marginale pour certains, moi je dirais plutôt pleine de bon sens, courageuse et non conformiste.

Les informations qui sont diffusées sur internet ne dérangent pas trop les classes dirigeantes, tout au moins pour l'instant. Nous pouvons encore continuer de nous informer librement. Demain, ces informations risquent d'être polluées voire censurées. Il faudra donc recourir à un autre moyen de diffusion de l'information libre. Je pense qu'il est temps de s'y préparer.

QUEL JEU JOUENT LES AMÉRICAINS…

Les Américains veulent envahir car ils n'ont pas d'histoire.
Jean-Luc Godard

Dans ce chapitre, j'ai voulu aborder un sujet qui me paraît essentiel, à savoir : comment les Américains sont-ils arrivés à passer à travers la plupart des crises économiques, tout en continuant à s'enrichir ?

Au cours de la dernière guerre mondiale, les Américains ont participé à notre libération en y laissant de lourdes pertes en vies humaines. Nous leur en sommes tous reconnaissants et nous leur devons une partie de notre liberté.

Mais une question hante les esprits depuis longtemps : pourquoi sont-ils intervenus aussi tardivement dans ce conflit ?

Pour répondre à cette question, il est bon de se repositionner dans le contexte historique, ce qui donnera une vision plus complète de la situation de l'époque.

Le 24 octobre 1929 est considéré comme le jeudi noir à Wall Street. Cet événement est le plus connu de l'histoire de la bourse. C'est le chaos, c'est la grande dépression, des millions d'Américains se retrouvent au chômage.

Cette grave crise économique, à partir des années 1930, va entraîner de nombreuses fermetures d'usines et conduire évidemment à de nombreux problèmes sociaux. La question qui se pose alors pour les États-Unis est : comment relancer notre économie ?

La crise s'étend à l'Europe, ce qui induit les mêmes effets. Des idées communistes voient le jour, principalement en Allemagne et en

Italie, ce qui inquiète les gouvernements. Cette crise sera à l'origine de mouvements nationalistes fascistes dans plusieurs pays.

L'Allemagne, suite à la défaite de 1918, est dans une crise économique sans précédent. L'humiliation que connaît l'Allemagne suite au traité de Versailles, ainsi que les coûts de réparation que cela induit, mettent l'Allemagne dans une situation intenable. Tout ceci conduira à l'arrivée au pouvoir du nazisme. Car Hitler propose une solution à la crise pour relancer l'industrie. Il met en place des mesures sociales et de grands chantiers pour réactiver l'emploi. Il s'avère qu'Hitler prépare une immense machine de guerre destinée à venger la défaite humiliante de 1918. Les grands industriels et banquiers allemands voient en la personne d'Hitler l'homme providentiel qui pourrait les aider à résoudre la crise économique des années trente.

Henri Ford et bien d'autres grands industriels américains admiraient Hitler. Ils avaient remarqué qu'il redressait son pays en mettant en place un programme de réarmement qui permettait de réduire le chômage.

À cette époque, l'Italie est elle aussi en crise, elle connaît l'inflation et le chômage. C'est alors que Benito Mussolini propose une politique nationaliste pour retrouver puissance et gloire. Ceci conduira à l'avènement du parti national fasciste. Mussolini est le fondateur du fascisme. Il sera en quelque sorte le mentor d'Hitler, et ils deviendront alliés. L'Italie était entrée en guerre en 1915 et espérait, en remerciement, acquérir certains territoires sur le littoral adriatique ainsi que de nouvelles terres coloniales. Lors de la conférence de la paix en 1919, il ne lui a pas été accordé les terres irrédentes qu'elle souhaitait récupérer. L'Italie s'est alors sentie flouée, d'autant plus que Mussolini rêvait de restaurer la splendeur de l'Empire romain. Cette situation sera elle aussi une des causes de l'avènement du parti nationaliste italien. Mussolini décide d'envahir l'Éthiopie en 1935. Les Français et les Britanniques n'interviennent pas. Hitler fait de même et envahit un peu plus tard la Rhénanie.

Pendant ce temps, la guerre civile fait rage en Espagne. Le général Franco renverse la république et établi lui aussi un régime fasciste. Hitler et Mussolini apportent leur soutien à Franco.

Staline soutient les Républicains espagnols tandis que les Français, les Britanniques et les Américains ne bougent toujours pas.

Les Américains comprennent qu'Hitler veut faire la guerre à l'Union Soviétique, ce qui ne semble pas leur déplaire.

Beaucoup de grandes compagnies américaines se mettent alors à faire du business avec l'Allemagne, en fournissant camions, pneus, machines-outils, huiles et carburants. Plus tard, elles produiront du matériel de communication.

Le 1er septembre 1939, l'Allemagne envahit la Pologne. Deux jours plus tard, le Royaume-Uni, la France, l'Australie et la Nouvelle-Zélande déclarent la guerre à l'Allemagne. Ce sera le début de ce que l'on a appelé : « la drôle de guerre », qui se terminera le 10 mai 1940 par l'invasion de la Belgique, des Pays-Bas, du Luxembourg et de la France. Quant aux Américains, ils proclament leur neutralité.

Le 17 juin 1940, Pétain annonce à la radio qu'il faut cesser les combats. Le lendemain, le général de Gaulle lance son appel de Londres pour continuer le combat. Juste avant son appel, devant la débâcle, Churchill et de Gaulle avaient envisagé de constituer un gouvernement unique qui aurait regroupé les forces militaires, le parlement et les ressources des deux pays. Mais Philippe Pétain avait déjà entamé les négociations de l'armistice, ce qui a condamné le projet.

En décembre 1941, l'armée soviétique stoppe la percée allemande trente kilomètres avant Moscou.

Après l'attaque de la base américaine de Pearl Harbour par les Japonais, Hitler pense qu'en montrant sa solidarité avec les Japonais, ceux-ci attaqueront les Russes. Si le Japon était entré en guerre contre l'Union Soviétique, il est à peu près certain que celle-ci n'aurait pas résisté.

Mais il n'en fut rien. Les Américains déclarent la guerre aux Japonais. À partir de septembre 1941, la marine américaine et l'Armée de l'air ont ordre de tirer à vue sur les navires et les sous-marins allemands. Hitler saisit l'occasion pour déclarer la guerre aux Américains.

En effet, le 11 décembre 1941, le chargé d'affaires américain à Berlin reçoit une note qui annonce la rupture des relations diplomatiques entre les deux pays et officialise la déclaration de guerre.

On connaît la suite, les Américains interviennent dans le conflit contre l'Allemagne et lancent le 6 juin 1944 l'opération *Overlord*. Il faut bien avoir conscience que c'est l'Armée soviétique, menée par un dictateur, qui a détruit la machine de guerre allemande. L'Union Soviétique accusera des pertes humaines colossales, qui viendront s'ajouter aux pertes provoquées par la famine et autres déportations des paysans. La Chine, quant à elle, déplorera elle aussi des millions de morts, essentiellement dues aux attaques des Japonais. On peut dire que deux puissances sortiront grandes gagnantes de cette guerre. Je veux parler des États-Unis et de l'URSS.

Elles deviendront ensuite les deux grandes puissances mondiales, mais les Russes auront sacrifié une grande partie de leur population. On peut dire que c'est un dictateur qui a chassé le nazisme.

Pour certains, si les États-Unis n'étaient pas intervenus dans le conflit, une partie de l'Europe occidentale aurait pu être annexée à l'Union Soviétique !

Mais revenons sur le terme *Overlord*, qui n'a sans doute pas été choisi par hasard : ce terme signifie en français vassaliser, c'est-à-dire rendre dépendant.

Il faut savoir que lors du débarquement de 1944, les Américains avaient dans leurs bagages toute la logistique pour gouverner un pays et des dollars fraîchement imprimés pour la cause !

Mais le général de Gaulle positionne des résistants gaullistes dans les mairies et le plan américain échoue.

Washington avait prévu d'imposer à la France, comme aux futurs vaincus, un statut de protectorat, ce qui supprimait toute souveraineté et notamment la possibilité de battre monnaie. Ce projet tenait probablement de la haine pathologique qu'éprouvait Roosevelt envers le général de Gaulle. Il visait aussi à préserver leurs intérêts économiques.

Après les accords de Yalta, un conflit oppose sur le plan stratégique et idéologique deux nations éprises d'un souci de domination du monde. Le refus par les Américains d'accorder des réparations aux Russes entraîne la guerre froide. C'est aussi la défense d'une société capitaliste contre le risque d'expansion d'un monde communiste.

En 1957, on frôle le conflit atomique d'autant plus que l'URSS est en avance sur la recherche spatiale par rapport aux Américains avec le lancement du premier Spoutnik.

De Gaulle arrive au pouvoir en 1958. La France fait exploser sa première bombe atomique dans le désert algérien en 1960. Au total, ce sont plus de deux cents essais qui ont été réalisés jusqu'à 1996, dont la plupart ont été effectués en Polynésie, sur les atolls de Mururoa. La France montre ainsi qu'elle sait se défendre. Mais les Américains ont essayé de dissuader la France de développer le programme nucléaire. Ils ne veulent pas que la France dispose d'une force militaire nucléaire autonome.

Les Anglais diront : *De Gaulle, un homme remarquable qui peut être une vraie teigne !*

De Gaulle entretient de bonnes relations avec Adenauer mais refuse le rapprochement avec l'Angleterre, qu'il considère comme le cheval de Troie des États-Unis.

De Gaulle n'aime pas le président Johnson, qui est le successeur de JFK, assassiné en 1963. De Gaulle est l'homme de l'ouverture, il refuse l'hégémonie américaine. Il reconnaît la Chine alors que celle-ci soutient le Nord Vietnam, qui est en guerre avec les Américains. Le général condamnera d'ailleurs cette guerre, à juste titre.

De Gaulle veut défendre la souveraineté de la France, son indépendance militaire et diplomatique, mais aussi sa monnaie. Il va multiplier les rencontres diplomatiques avec de nombreux pays, notamment la Chine, l'Amérique latine et aussi l'URSS. En 1966, il quitte le commandement de l'OTAN, ce qui déplaît encore plus aux Américains, d'autant plus que près de trente bases militaires américaines sont situées en France.

De Gaulle a contesté la suprématie américaine et a voulu défendre une France souveraine libre de sa politique étrangère. Mais les successeurs feront chemin inverse, jusqu'à devenir les « toutous » des États-Unis.

Avant les années soixante-dix, les monnaies étaient indexées par rapport à l'or ; c'étaient les accords de Bretton Woods, conclus en 1945. Mais le général de Gaulle, lors d'une conférence, le 4 février 1965, propose de sortir du système dollar, car disait-il, *s'il y a une panique sur le marché international du dollar et que les gens veulent récupérer l'or, on va vers une crise universelle.*

Je reviendrai plus loin sur cet épisode.

À partir de 1971, Nixon décide que le dollar américain ne sera plus indexé sur l'or mais se positionne comme monnaie de référence. Il aurait fallu à ce moment renégocier les accords de Bretton Woods.

Les Américains se rendent compte que le fait d'imprimer des billets verts donne un pouvoir extraordinaire.

Ensuite, les Américains imposent de payer le pétrole en dollars, qui sera le seul mode de paiement.

En quelque sorte, le pétrole détrône l'or et ce sera le début de plusieurs conflits. L'Irak et la Lybie seront au cœur des conflits avec les États-Unis.

En 1991, c'est la première guerre du Golfe, suite au renversement du Chah d'Iran par l'ayatollah Khomeini, qui tentera plus tard de renverser Saddam Hussein. Le conflit éclate entre l'Iran et l'Irak durant huit années. Ce conflit bénéficie à l'Arabie saoudite et au Koweït, qui ont un concurrent de moins pour vendre leur pétrole.

La tension monte entre l'Irak le Koweït. Saddam Hussein décide d'envahir le Koweït. L'ONU se prononce contre cette invasion et les États-Unis, avec trente-quatre pays de la coalition, lancent l'opération Tempête du désert en janvier 1991, qui anéantit l'Irak. La guerre éclair aura fait deux cent mille morts côté irakien, dont la moitié de civils.

Après la première guerre du Golfe, l'Irak est isolé. Il est soumis à un embargo qui touche principalement la population civile.

Le 11 septembre 2001, la terreur s'abat sur le World Trade Center. Les Américains se lancent alors dans une guerre, tout d'abord avec l'Afghanistan qu'ils soupçonnent d'être le commanditaire des attentats. Ils veulent aller plus loin et accusent l'Irak de détenir des armes de destruction massive. Américains et Anglo-saxons sont pour une intervention militaire, alors que Russes, Français et Allemands veulent une solution diplomatique. Suite à cette intervention militaire non justifiée, le régime de Bagdad s'effondre. Le secrétaire d'État de G.W. Bush, Colin Powell, présente aux Nations-Unies un dossier à charge contre Saddam Hussein contenant des preuves fabriquées relatives à l'existence d'armes de destruction massive.

Plus tard, le même Colin Powell déclarera que Saddam Hussein ne possédait pas un gramme d'arme de destruction massive. Des scandales éclateront par la suite sur les tortures pratiquées par la coalition anglaise et américaine.

Saddam Hussein voulait stopper la suprématie du pétrodollar. Cette idée fut soutenue par la Lybie de Kadhafi.

Le projet d'un haut responsable du FMI était de favoriser le développement d'une nouvelle monnaie internationale. Mais Dominique Strauss-Kahn est arrêté en mai 2011 à New York.

Aujourd'hui, après l'Iran, le conseil de sécurité des Nations-Unies a accepté que l'Irak libelle ses transactions de pétrole en euros. Il faut dire que le dollar a beaucoup chuté et que l'euro est une monnaie plus stable. Même si les cotations du brut fixent toujours le prix du baril en dollars, il semblerait que nous ne soyons pas au bout de nos surprises.

Depuis 1945, les Américains sont intervenus militairement une quarantaine de fois dans le monde. La vraie raison est toujours stratégique ou économique. On cherche à nous faire croire à des raisons plus élogieuses : mise en place d'une démocratie ou autres motifs humanitaires.

Les interventions militaires et les guerres ne règlent pas les problèmes, quels qu'ils soient. Cette attitude ne peut engendrer que rebellions ou actions terroristes de tous ordres, qui touchent en premier les populations civiles.

Comme disait Jacques Chirac à ce sujet : *On n'exporte pas la démocratie dans un fourgon blindé.*

Le plus extraordinaire c'est que ces interventions se font souvent avec le consentement de plusieurs pays, bien que la charte de l'ONU interdise la guerre depuis 1945.

Mais la machine est bien rodée. On va mettre en avant la raison humanitaire. On intervient pour mettre en place une démocratie et non pour le pétrole. On va ainsi présenter les dirigeants des pays concernés comme de dangereux dictateurs ou autres « diables » pour obtenir un maximum d'adhésion. La finalité n'est pas de porter la démocratie, comme on nous force à le croire, mais bien d'établir des régimes faibles sur lesquels on peut peser.

Arthur Ponsonby est un diplomate britannique travailliste qui s'était déjà positionné contre l'entrée en guerre de la Grande-Bretagne en 1914. Il est un des premiers à dénoncer ce qu'il appelle « la propagande de guerre ». Il explique de façon méthodique les différentes étapes du mécanisme de propagande de guerre, comment l'opinion publique ainsi manipulée peut de fait cautionner des interventions militaires. Il est évident que les médias se positionnent trop souvent en porte-parole car ils sont bien souvent contrôlés, voire financés par ces propagandistes.

Deux historiennes de renom ont comparé ces propagandes de guerre dans les conflits Irak, Kosovo, Afghanistan par rapport aux guerres antérieures de 1914-1918 et l'arrivée au pouvoir d'Hitler.

Mais revenons sur l'événement qui nous a tous marqués, à savoir l'effondrement des *Twin Towers* le 11 septembre 2001. L'évènement a eu un tel impact que chaque personne se souvient où elle était à ce moment-là, et ce qu'elle faisait. Cependant, la thèse officielle est aujourd'hui controversée ; un grand nombre de personnes se pose des questions qui restent sans réponse pour le moment.

Mon propos n'est pas la remise en cause de la thèse « officielle », mais je reconnais que lorsqu'on examine certains faits avec un peu de recul il y a de quoi s'interroger voire être sceptique !

Des transactions financières importantes ont été effectuées sur les compagnies United et American Airlines quelques jours avant le crash. Probablement un pur hasard.

On pourrait penser en effet que les deux tours hautes de 420 m, de section au sol de 63 m par 63 m, devraient pouvoir résister à l'impact d'un avion de ligne. Comment expliquer que des édifices conçus avec une surface au sol de quatre mille mètres carrés puissent s'écrouler comme des châteaux de cartes ? Les deux tours se sont écroulées sur elles-mêmes, de façon parfaitement similaire, comme s'il n'y avait aucune résistance des planchers. Les vitesses des deux Boeing, qui ont été déterminées par l'agence indépendante NTSB, font apparaître des incohérences flagrantes par rapport à la version officielle.

La troisième tour, la tour n°7, dont on parle peu, se serait écroulée à cause de la propagation du feu voire des secousses provoquées. Comment expliquer qu'une tour de quarante-sept étages se soit affaissée en sept secondes ? On ne peut s'empêcher d'imaginer autre chose. Le NIST prétend que l'incendie a affaibli la structure à ce point ; on peut donc craindre pour la sécurité des occupants de tours de conception similaire. Toute la transparence n'a pas été faite sur cette affaire, et c'est probablement cela qui suscite le plus la désapprobation des citoyens. Aucun gratte-ciel n'a été détruit par un incendie dans toute l'histoire de la construction de buildings. Ce qui est très gênant, c'est la totale destruction des tours. Il ne restait rien, aucune structure porteuse ! Après d'importants bombardements, il reste en général des pans de murs, voire des murs porteurs.

Comment peut-on expliquer un tel effondrement, parfaitement symétrique, comme si au même instant, on pouvait supprimer d'un seul coup les structures porteuses du bâtiment ? La vitesse de destruction est proche, à certains moments, de la chute libre des corps, et ceci pendant une partie de l'effondrement.

La tour n°7 aurait abrité une cellule de la NSA et du FBI, avec des informations très compromettantes. Autant de questions qui sont restées sans réponse. Une partie de l'énigme se situe peut-être là.

La rapidité avec laquelle les auteurs de ce triste attentat ont été découverts, sans parler des débris de l'avion du supposé crash au Pentagone, qui n'ont pas été retrouvés, tous ces éléments accentuent l'interrogation.

De nombreux témoignages oraux et écrits évoquent cette ambiguïté. Dans son livre *JFK 11 septembre - 50 ans de manipulations* » Laurent Guyénot nous fait découvrir une version beaucoup moins glorieuse des grands événements qui ont marqué l'histoire contemporaine des États-Unis.

Auparavant, Thierry Meyssan avait écrit un livre en 2002 : *11 septembre 2001, l'effroyable imposture*. Il parlait de ses doutes concernant la version de l'attentat contre le Pentagone.

John Lear, un ancien agent du gouvernement américain qui travaillait pour la CIA lors des attentats du 11 septembre, aurait déclaré sous serment :

Nous avons détruit les tours jumelles du 11 septembre.

Une chose est à peu près sûre, toute la lumière n'a pas été faite sur cette triste affaire, et de façon délibérée. Les Américains sont très forts pour manipuler l'information. Il n'y a pas l'empire du bien et l'empire du mal.

Depuis des années, on nous raconte la même histoire, ou plutôt le même western. Il y aurait d'un côté les gentils Américains, Européens et Israéliens et de l'autre côté, les méchants Russes, Chinois, Palestiniens et Vénézuéliens. Je ne suis pas certain que la réalité soit aussi binaire.

Depuis les révélations d'Edward Snoden dans le quotidien britannique *The Gardian*, on sait que la NSA dispose d'un outil PRISM capable de stocker des masses de données absolument phénoménales. Il est à noter que E. Snoden, ancien analyste à la CIA, a dû pour assurer sa sécurité s'expatrier des États-Unis. Le système de surveillance qui a été mis en place enregistre les conversations téléphoniques, les communications électroniques, mais permet aussi un accès aux données hébergées chez Google, Facebook, You Tube, Skype etc.

La masse de données collectées touche aussi bien le secteur politique, les stratégies industrielles de grandes entreprises, la défense et l'aéronautique, sous couvert de l'argument d'un « outil contre le terrorisme », selon les propos de Barack Obama.

On sait que la surveillance de masse se pratique dans la plupart des pays. Le vrai problème qui se pose est qu'elle se fait en secret, sans l'aval de contrôle, sans mandat judiciaire, avec comme finalité d'épier faits et gestes des citoyens. On peut dire que la démocratie est bafouée ; c'est scandaleux !

Il n'est pas question de lutter contre les États-Unis ; ils sont trop puissants et incontournables. Par contre nous ne devons pas en être une filiale dévouée corps et âme. Il n'y a que dans les productions hollywoodiennes que les Américains sauvent le monde et neutralisent les méchants. La réalité est tout autre. Ils sont avides de profit, de pouvoir et la morale vient en second plan. On sait que le complexe militaro-industriel américain joue un rôle majeur dans la vie économique du pays : construire de l'armement, le vendre et entretenir des guerres pour pouvoir construire d'autres armes encore plus efficaces, et ainsi de suite.

Les guerres qu'ils déclenchent visent à réduire à néant l'ascension de leurs rivaux, quitte à créer le désordre si nécessaire. Les États-Unis ont toujours un comportement de protectorat vis-à-vis de certaines nations, notamment l'Europe, ce qui fait que l'Europe a abandonné un peu sa fonction de protection. Ce comportement est très net, surtout depuis la fin des régimes communistes dans les années 1989 à 1991. Les États-Unis sont souvent intervenus dans de nombreux conflits afin de conforter leur politique de gendarme du monde.

L'ensemble des conflits qui touchent également le monde musulman rend en quelque sorte « service » aux Américains qui, compte tenu de leur énorme puissance militaire, leur assurent une suprématie dans le monde géopolitique.

Les Américains veulent avant tout faire perdurer leur hégémonie dans le monde. Mais la montée en puissance de certaines nations ne va pas manquer de brouiller les cartes dans le futur. Nous verrons dans les chapitres suivants que les réserves de pétrole, de gaz et métaux précieux dans le monde sont très souvent la cause de conflits.

La société américaine est une société pour le moins surprenante voire critiquable. Le passé de cette société n'est pas toujours glorieux : éradication des Indiens, esclavage des Noirs lié à la culture du coton dans le Sud, guerres impériales sur de nombreux territoires. Et que dire de l'enfer de Guantanamo ? Ce pays, où la peine de mort est encore en vigueur sur de nombreux territoires, détient le record du nombre d'armes à feu par habitant. Désir de suprématie et d'un monde unipolaire ? C'est probable, mais cela n'explique pas tout. Et que dire de ce président pas tout à fait adulte, pas tout à fait cow-boy, qui invective un dictateur coréen en risquant de mettre en péril la paix dans le monde ?

Loin de moi l'idée de porter un jugement pour des faits qui se sont produits il y a un siècle ou deux, mais il faut reconnaître que le bilan est sans discussion. Les États-Unis ont été en guerre 93 % du temps depuis 1776, année de déclaration de leur indépendance !

Dans le livre *Le Dernier Mitterrand* écrit par le journaliste et écrivain Georges-Marc Benamou, l'ancien président de la République a voulu laisser quelques messages qui concernent respectivement les États-Unis, l'Europe et la France. Je vous en propose une brève extraction.

Oui la France ne le sait pas, mais nous sommes en guerre avec l'Amérique. Oui une guerre permanente, une guerre vitale, une guerre économique, une guerre sans mort... apparemment. Oui ils sont très durs, ces Américains.

Ils sont voraces, ils veulent un pouvoir sans partage sur le monde... C'est une guerre inconnue, une guerre permanente sans mort apparemment et pourtant, une guerre à mort !

Je suis le dernier des grands présidents... À *cause de l'Europe...* À *cause de la mondialisation...*

*Dans le futur, ce régime pourra toujours s'appeler Cinquième R*épublique... Mais rien ne sera pareil. Le président deviendra une sorte de super-premier ministre, il sera fragile...

Certaines personnes diront que François Mitterrand était un visionnaire ; moi je dirais qu'il était intelligent et ambitieux. Après deux septennats, il est assez logique que l'on puisse avoir une vision affûtée de la géopolitique dans le monde.

Cependant il y a les pensées et les actes. En d'autres termes, il y a ce qu'on aimerait faire et ce que le pouvoir nous contraint de faire.

Deux ans après avoir été élu, Mitterrand met à l'écart les communistes, qui avaient pourtant permis son élection en 1981. Le vrai peuple de gauche se sent trahi et on assiste à la montée du Front national en France.

Mitterrand, ancien garde des sceaux sous Guy Mollet pendant la guerre d'Algérie, n'hésitera pas à donner son aval pour l'exécution de militants de la lutte pour l'indépendance de l'Algérie, même si la responsabilité semble collective au sein du gouvernement.

On pourra aussi objecter à Charles de Gaulle d'avoir eu une position très ambiguë sur ce sujet.

Car entre le *Je vous ai compris*, en s'adressant au peuple à Alger en 1958, et sa déclaration deux jours plus tard : *Vive l'Algérie française*, le fossé est grand. Des hommes de paradoxe en quelque sorte.

La question est de savoir si ce sont les plus hautes instances de l'État qui amènent à dire tout et son contraire.

Pour conserver le pouvoir, il faut savoir organiser son opposition, diront certains.

Pour clore ce chapitre, que penser de ce revirement de position de monsieur Mitterrand, qui cautionna l'intervention menée par George W. Bush en 1990 en Irak?

LA BATAILLE POUR LE PÉTROLE

Du temps que les femmes ne votaient pas,
on faisait la guerre pour elles.
Maintenant qu'elles votent, on la fait pour le pétrole.
Est-ce un progrès ?
Boris Vian

Le pétrole a été découvert il y a environ cent cinquante ans et a très vite attiré les convoitises des grands pays industriels. Sa découverte a été un des facteurs les plus importants de la révolution industrielle.

Il faut reconnaître que la découverte de l'or noir a suscité tensions diplomatiques, guerres et successions de crises encore d'actualité.

Bien que certains lobbyistes nous prédisent la fin du pétrole, les réserves prouvées augmentent au fur et à mesure que le temps s'écoule. Ceci tend à démontrer que dans le contexte actuel, au rythme où nous consommons, nous aurions au minimum cinquante ans de réserve. Si nous faisons abstraction du coût d'exploitation, les réserves sont probablement beaucoup plus importantes. La question qui risque de se poser est de savoir quel prix sommes-nous prêts à payer pour extraire cet or noir. Ce dont il faut avoir conscience c'est qu'à ce jour, il n'existe aucune énergie de substitution au pétrole.

Le tableau suivant indique les réserves prouvées pour les cinq principaux pays détenteurs.

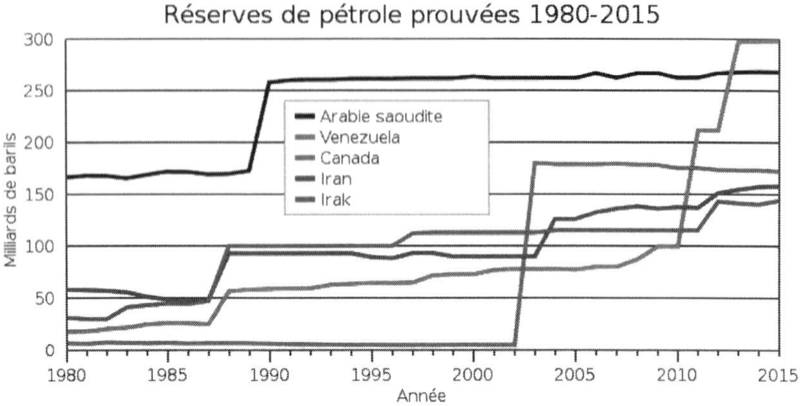

Source US Energie Information Administration

Très souvent, quand on parle de pétrole, on pense systématiquement à l'utilisation qui en est faite dans les transports. En effet, une grande partie du pétrole raffiné est destinée à alimenter le transport qu'il soit sur route, dans les airs ou maritime. Cependant plus de 40 % du pétrole est destiné à d'autres usages. Je me permets d'insister sur ce fait car si, dans un futur lointain, les réserves de pétrole s'avèrent insuffisantes voire impossibles à exploiter pour des raisons financières, il pourrait y avoir d'autres impacts que sur les transports.

En effet, si les constructeurs automobiles travaillent sur d'autres technologies, il n'est pas certain que l'on ait un palliatif à tous ces produits dérivés du pétrole que l'on retrouve dans beaucoup d'autres domaines que ceux des transports.

Une forte diminution des ressources en pétrole pourrait être beaucoup plus dramatique dans certains secteurs.

Sans faire une liste exhaustive, voici quelques exemples de produits fabriqués à base de pétrole.

Citons déjà les produits que l'on utilise au quotidien : matières plastiques, solvants de dilution pour les peintures, nylons et polyesters dans le textile, sans oublier la fabrication de médicaments. Les revêtements de routes, les engrais et autres pesticides sont eux aussi à base de pétrole.

Évidemment, certaines centrales de production d'électricité sont encore alimentées au mazout. Néanmoins, des énergies supplétives existent ; certaines sont détaillées dans le chapitre *Environnement.*

Quand on parle de bataille pour le pétrole, il faut aussi intégrer celle pour le gaz naturel.

Sur le tableau suivant, j'ai mentionné les pays qui ont les plus grandes réserves reconnues de pétrole et de gaz naturel dans le monde. Pour le gaz de schiste et le gaz de houille, on parle de ressources non conventionnelles. Elles ne sont pas prises en compte dans le tableau, bien que celles-ci seraient estimées à 50 % des ressources gazières mondiales. L'exploitation du gaz de schiste est très présente aux États-Unis, ce qui leur permet de se positionner au quatrième rang mondial de production de gaz. Mais cette technologie est très critiquée par de nombreux pays, qui la considèrent à juste titre comme polluante pour les réserves d'eau. En France, l'exploitation du gaz de schiste fait l'objet d'un moratoire.

En examinant ces chiffres, ont comprend mieux les enjeux géostratégiques que cela peut impliquer.

Pays	Réserves pétrole	Réserves gaz
Iran	**10%**	**18%**
Russie	6%*	**18%**
Arabie Saoudite	**16%**	4%
Venezuela	**18%**	3
Qatar	2%	**13%**
Irak	**10%**	1,5%
Turkménistan	NC	10%
Etats Arabes Unis	4%	3%
Etats-Unis	2%	2%

Valeurs extrapolées de : BP Statistical Review 2015/2016 et US énergie administration

La Russie possède les plus grandes réserves de gaz naturel. D'autre part, il est presque certain que ses réserves de pétrole sont bien supérieures aux estimations annoncées, car le potentiel de découverte de nouveaux gisements est grand. Cette situation la rend incontournable sur le marché, sans compter que ses réserves de charbon sont aussi très importantes.

L'Europe achète à la Russie la moitié de son gaz et 20 % de son pétrole. Les Japonais, Chinois et Indiens sont également de gros clients de la Russie. L'énergie est la condition sine qua non au redressement de la Russie et Poutine l'a bien compris.

Sur ce plan, la Russie fait vraiment contrepoids par rapport aux pays du Moyen-Orient, qui sont sous contrôle des Américains.

Les Américains et certains Européens ne veulent pas que la Russie soit le barycentre des productions de gaz et de pétrole.

La guerre du gaz et du pétrole est bien une des causes majeures des tensions entre la Russie et les États-Unis. Ce n'est vraiment pas un hasard si les tensions et conflits actuels se situent aux endroits où les ressources énergétiques sont les plus importantes.

Le Qatar compte 1,5 millions d'habitants pour une superficie équivalente à un département français. Mais c'est le pays le plus riche du monde par tête d'habitant, en raison essentiellement de ses ressources en gaz et pétrole. L'émir du Qatar veut construire un gazoduc vers la Turquie pour alimenter l'Europe. Le Qatar possède, après la Russie et l'Iran, la plus grande réserve de gaz naturel. Le régime de Bachar el-Assad s'y est opposé, ce qui arrange bien la Russie qui est le premier fournisseur de gaz naturel en Europe. Le Qatar est la source principale de financement des frères musulmans.

On peut affirmer que les tensions entre Moscou et Washington sont, en partie, la conséquence des conflits liés au pétrole et au gaz. La vraie raison de la guerre en Irak était bien un enjeu pour le pétrole, bien que la propagande américaine ait soutenu que les raisons d'intervention étaient la destruction d'armes chimiques. Mais la France n’a pas été dupe et on peut rendre hommage à la diplomatie française qui a été à la hauteur.

Si les États-Unis veulent absolument un contrôle sur les productions de pétrole, ce n’est évidemment pas pour leur consommation personnelle. Leurs réserves en ressources non conventionnelles (gaz de schiste et gaz de houille) font dire à certains économistes que le prix du baril de pétrole se fixe aux États-Unis, et non dans les pays du Moyen-Orient. Cette situation permet aux États-Unis de peser sur la Chine, l’Inde et le Japon, qui sont dépendants en ressources énergétiques des pays du Moyen-Orient.

Mais sur un plan géopolitique, l’hégémonie américaine ne paraît plus aussi nette que dans le passé. La suprématie du dollar sera peut-être remise en cause, et c’est probablement ce que souhaitent certaines puissances.

Les chinois sont les premiers importateurs de pétrole. La Chine s’approvisionne principalement auprès de l’Arabie saoudite et de la Russie ; de plus, elle envisage de payer son pétrole non plus en dollars mais en yuans. D’autre part, la Russie pourra acheter de l’or sur le marché chinois. C’est en quelque sorte le retour à l’étalon-or ; et on peut dire que c’est un coup dur qui risque d’affaiblir le dollar.

RENFORCER SES RÉSERVES D'OR

Pour avoir beaucoup d'or, il faut posséder pas mal d'argent. Et réciproquement.

Pierre Dac

Après le pétrole, l'or représente un des marchés les plus attractifs. Bien que les monnaies ne soient plus indexées sur l'or, les États cherchent à renforcer leur réserve en or. Est-ce la crainte d'un chaos économique qui les inquiète ? Toujours est-il que le problème est réel. Les réserves d'or des banques centrales sont estimées à trente mille tonnes, réparties dans les principaux pays.

Les plus grandes réserves d'or seraient aux États-Unis avec un peu plus de huit mille tonnes. Mais il faut savoir qu'une partie du stock d'or que détiennent les États-Unis appartient à d'autres pays. La Réserve Fédérale des États-Unis (FED) refuse que ses stocks soient vérifiés par des experts indépendants ou par des pays propriétaires d'or.

Ce qui fait dire à certains experts qu'une partie de l'or a peut-être été utilisée à d'autres fins par la FED.

C'est dans le Kentucky, à Fort Knox, qu'a été érigée cette véritable forteresse blindée résistant à toute attaque, y compris nucléaire, pour abriter la réserve d'or des États-Unis, et ceci depuis 1937. La réserve était passée de quatre milliards de dollars à douze milliards suite à la déclaration qu'avait faite le 5 avril 1933 Franklin D. Roosevelt : *Afin de secourir le système bancaire dans la situation d'urgence nationale, toute personne qui serait en possession de lingots, pièces d'or, devrait les restituer en échange de billets verts.*

Mais il est presque certain qu'une grande partie de l'or des États-Unis situé au Bullion Depository à Fort Knox est manquant ou porté disparu. L'ancien directeur du FMI voulait faire une déclaration à ce sujet, mais on connaît la suite…

L'Allemagne disposerait d'environ trois mille tonnes d'or mais environ mille cinq cents tonnes de ses réserves serait détenues aux États-Unis. La FED refuse de redonner cet or. Il est probable que l'Allemagne ne reverra jamais son or. On connaît les différends qu'il y a eu à ce sujet avec Angela Merkel. Seul de Gaulle avait réussi à récupérer l'or de la France. Il est regrettable que Nicolas Sarkozy ait fait le chemin inverse en échangeant les six cents tonnes d'or contre du billet vert. Il est vrai que l'un incarnait la grandeur de la France, et l'autre la petitesse.

Après avoir vendu cet or à la FED, la France possède des réserves qui sont estimées à deux mille quatre cents tonnes. L'Italie, quant à elle, possède un stock d'or sensiblement équivalent à celui de la France.

Il faut savoir que plusieurs pays avaient transféré leur or aux États-Unis pendant la Seconde Guerre mondiale, pour le mettre « à l'abri du nazisme ». De même durant la guerre froide, de peur d'une invasion soviétique, les Allemands ont transféré leur or aux États-Unis.

Il est fort probable que de grandes quantités d'or se trouvent au Vatican. Mais l'or du Vatican est un secret bien gardé !

Les États cherchent à récupérer leur or car il semble qu'ils commencent à perdre confiance envers certaines monnaies, et notamment le dollar, l'euro et le yen.

Le président Roosevelt avait décidé de démonétiser l'or, donc d'interdire l'utilisation de l'or comme référence monétaire.

Le tableau suivant indique la production annuelle ainsi que les réserves prouvées des principaux pays. L'ensemble de la production annuelle d'or dépasse deux mille tonnes, tous pays confondus.

PAYS	Production Par an (en tonnes)	Réserves prouvées (en tonnes)
Chine	355	1900
Australie	270	7400
Etats-Unis	237	3000
Russie	200	5000
Afrique du Sud	190	6000
Pérou	150	2000
Canada	110	920
Ghana	100	1400
Indonésie	100	3000
Ouzbékistan	90	1700
Mali	50	800

Source : cafedelabourse

La Chine est le premier producteur d'or dans son pays. Elle achète aussi de grandes quantités d'or sur les marchés internationaux. De plus, elle vise les sous-sols de l'Afrique, dont on connaît les réserves importantes, et négocie des parts à des sociétés d'extraction. Il faut prendre au sérieux toutes ces manœuvres de rachat d'or, qui sont très probablement des signes avant-coureurs.

Le sous-sol de l'Afrique contient des réserves d'or très importantes. L'Afrique du Sud fait partie des plus grosses réserves mondiales mais son extraction est complexe et coûteuse. Le Ghana et le Mali représentent environ 8 % de la production d'or mondiale.

Le Mali a triplé ses exportations d'or. Dans le même temps, le pays devenait un des États les plus pauvres du monde. La question qui se pose est : où vont les profits ?

La quasi-totalité des sites aurifères en Afrique sont aux mains de quelques multinationales : Anglo Gold, Barrick Gold et Newmont Mining. Ces trois principales compagnies, soutenues par la haute finance, se partagent le gâteau.

Les réformes des codes miniers, mises en place à partir de 1980 sous la pression des institutions financières (FMI et autres banques centrales), visent à privilégier les grandes entreprises étrangères, aux dépends des sociétés locales.

On comprend pourquoi la France et les États-Unis souhaitent s'impliquer dans la lutte contre les islamistes dans cette région : besoin de contrôler les réserves d'or. L'Afrique est donc de plus en plus convoitée par les multinationales. C'est un continent qui attire les riches industriels.

Les réserves minières sont importantes, la main-d'œuvre est à très bas prix et les normes de sécurité sont parfois inexistantes. Au sud-ouest du Mali, la pollution causée par l'extraction industrielle de l'or est immense. La pollution des eaux, l'intoxication au cyanure, tout cela entraîne d'importantes mutations de la population. D'autres dégâts environnementaux se produisent au Ghana et en Tanzanie. La question qui se pose est de savoir qui paiera la facture !

Toutes ces réserves intéressent les Américains et les Chinois, qui réalisent de très gros investissements dans de nombreux pays d'Afrique. Les normes environnementales ainsi que la sécurité ne sont pas toujours respectées. Résultat, les grandes compagnies minières réalisent des très grosses marges.

Ces grandes multinationales sont présentes en Afrique pour se partager le « gâteau ». Ces grandes compagnies, régulièrement dénoncées pour pollution et violation des droits de l'homme, se partagent à elles seules plus de cinq cents tonnes d'or par an.

Les principaux acheteurs de cet or sont les grandes banques (Canada, États-Unis, Suisse et France).

Ces banques financent une partie de l'exploitation industrielle et peuvent ainsi récupérer une partie des gains.

Même s'il a été mis fin aux accords de Bretton Woods, l'or reste une valeur refuge, notamment en temps de crise. Les marchés chinois et indien sont très demandeurs.

On peut acheter un président africain pour pas cher et après, les multinationales n'ont plus qu'à se servir.

POURQUOI AVOIR MIS FIN AUX ACCORDS DE BRETTON WOODS ?

*L'après Bretton Woods... et l'instabilité mon*étaire *qui s'ensuit !*

Pour faciliter la reconstruction à la fin de la deuxième guerre mondiale, un certain nombre d'États se réunissent dans une extraordinaire conférence pour établir un système de monnaie internationale. Les accords de Bretton Woods, signés en juillet 1944, ont procuré aux USA une position privilégiée en réorganisant le système monétaire autour du dollar. Un an avant, le gouverneur de la Banque de France, de Boisanger, avait déjà indiqué que le projet américain White l'emporterait devant le projet Keynes de la délégation britannique.

Chaque pays devait aligner sa monnaie sur le cours du dollar américain, qui lui-même devait être aligné sur l'or. Il faut savoir qu'à cette époque, les États-Unis détenaient 80 % des stocks d'or. Les États-Unis fixèrent alors le dollar à une valeur de trente-cinq dollars l'once.

Il faut se rappeler que jusqu'en 1914, les banques centrales devaient détenir une réserve d'or suffisante pour assurer une couverture totale des billets qu'elles émettaient. Ce système de l'étalon or ne survivra pas à la crise financière de 1929, qui s'est déclenchée avant la Seconde Guerre Mondiale.

Les accords de Bretton Woods prévoient la création d'un Fonds Monétaire International pour disposer d'un fonds commun et aider à la reconstruction.

Les accords de Bretton Woods avaient un point faible. Il n'y avait pas de contrôle sur l'émission du billet vert. Ainsi les Américains pouvaient imprimer autant de billets qu'ils le voulaient. Les problèmes apparaissent suite aux dépenses engendrées par la guerre du Vietnam et la course à l'espace avec les Russes. Les États-Unis se mettent à faire des déficits énormes, et se trouvent vite dans une situation intenable. Ils feront appel à plusieurs pays pour reconstituer un stock d'or.

Plusieurs pays dont la France, l'Allemagne, l'Italie, les Pays-Bas achètent des dollars en assurant en contrepartie des stocks d'or.

Comme je le précisais plus haut, en 2004, Nicolas Sarkozy, alors ministre de l'Économie, renouvellera son aide aux États-Unis en leur vendant près de six cents tonnes d'or des réserves de la Banque de France, à une époque où l'once d'or était au plus bas. En effet, l'once d'or valait quatre cent trente-huit dollars US en 2004, et huit cent trente-trois dollars à la fin du quinquennat. Le journal Le Midi Libre titrera à ce sujet : *Quand Nicolas Sarkozy vendait l'or français pour une poignée de cacahuètes*. Il faut espérer que Nicolas Sarkozy aura à rendre compte un jour de cette opération, qui est vécue pour certains comme une trahison.

Le général de Gaulle, excédé, dénonce dans une conférence de presse en 1965, le privilège de pouvoir acheter le monde entier en fabriquant de la monnaie de singe. Il réclamait la référence à l'étalon or, conformément aux accords de Bretton Woods. En 1968, les Américains ont voulu convaincre les ministres des Finances de tous les États d'Europe de ne plus échanger des dollars contre de l'or. Seul de Gaulle a tenu tête. En 1967, il envoie des frégates remplies de dollars en échange d'or. Richard Nixon, quelques années plus tard, mettra fin à la convertibilité dollar/or, car la masse de dollars en circulation dépassait largement la quantité d'or dans les réserves. Bien évidemment, cela n'a pas arrangé nos affaires avec les Américains !

Certains disent même que mai 1968 aurait été provoqué par des entreprises américaines qui cherchaient des marchés et avaient besoin de consommateurs supplémentaires.

Le 15 août 1971, les Américains sont en défaut de paiement en or. Nixon, d'une manière unilatérale, décide donc la fin de la convertibilité dollar/or. C'était une position déloyale par rapport aux autres pays. L'avènement des changes flottants sont, dans une certaine mesure, à l'origine du déséquilibre qui pèse d'une part, sur l'économie actuelle et d'autre part, sur l'endettement de nombreux pays.

Le système de Bretton Woods obligeait les États à une certaine discipline. Le fait de supprimer cette convertibilité donnait beaucoup plus de liberté aux États, qui se sont mis à s'endetter, de surcroît auprès des marchés financiers.

Les accords de Kingston (Jamaïque) confirment l'abandon du rôle légal de l'or. À partir de ce jour, il n'y aura plus de système monétaire organisé. La création monétaire illimitée, initiée aux États-Unis par la FED, fut copiée à une moindre échelle par la BCE sous le nom de *Quantitative Easing*. Cela n'aurait dû être qu'un palliatif provisoire. C'est en fait une source de gros problèmes, cela s'appelle la fuite en avant !

Certains économistes affirment que la crise actuelle est essentiellement liée au fait que les monnaies ne sont plus liées à un actif tangible, en l'occurrence l'or.

C'est le départ de l'argent fictif à volonté, ce qui amène les États à contracter des dettes sans fin.

On se demande comment les Américains, à l'origine de la crise avec la faillite de Lehman Brothers, ont pu rebondir aussi vite alors que l'Europe peine encore à se redresser. Ils mettent beaucoup de dollars en circulation, à un rythme de mille cents milliards de dollars par an. Mais le dollar est la monnaie de référence, tout au moins pour le moment, à la différence de l'euro.

Cette façon de faire qui consiste à racheter la dette avec de l'argent nouvellement créé est également répandue au Japon et au Royaume-Uni.

Cette politique monétaire était totalement interdite depuis le traité de Maastricht ; mais la BCE a revu sa copie et sait aussi user de cette technique. On appelle cela le QE !

LA VÉRITÉ SUR LA DETTE

Le plus gros avantage de la richesse, c'est qu'elle permet de faire des dettes.
Oscar Wilde

Fréquemment, nous entendons dire : « La dette en France est abyssale ». Qu'est-ce que cela signifie, et qu'est-ce que cela englobe ? La dette était de cent milliards d'euros en 1982. Si on réactualise en euros 2017, cela correspondrait à deux cent cinquante milliards. Mais aujourd'hui, la dette dépasse les deux mille cents milliards d'euros.

Pour comprendre l'importance de la dette, ce montant représente cinq millions de biens immobiliers à quatre cent mille euros l'unité. Comment est-ce possible ?

La dette, au sens de Maastricht, couvre l'ensemble des différentes administrations publiques. Cela englobe la dette de l'État, des collectivités locales et des administrations de sécurité sociale. La dette publique actuelle est la conséquence directe du déficit de l'État. Depuis 1974, l'État est contraint d'emprunter pour financer toutes ses dépenses. Le problème est qu'il doit emprunter sur des marchés financiers en tenant compte des taux d'intérêt qui varient forcément. Des agences de notation attribuent des notes qui dépendent de la solvabilité des États à rembourser. Si les notes des agences baissent, les intérêts, eux, augmentent. Malheureusement il arrive que ces agences soient incapables de prévoir des faillites. Souvenez-vous, en 1991, de la faillite d'Enron puis de Lehman Brothers. Les indicateurs étaient tous au vert. Les agences de notation Moody's, Standard &

Poor's ont baissé les notes après que les faillites ont été reconnues. Intéressant, non ?

L'Union Européenne a établi des règles pour limiter les excès de la dette ; malheureusement, ces règles ne pourront pas être respectées, à savoir :

– Viser un déficit public maximum de 3 % du PIB,

– Plafonner le montant de l'endettement public global à 60 % du PIB.

Depuis 2008, la France a un déficit supérieur à 3 % du PIB, et son endettement est supérieur à 95 % du PIB.

Pour mieux comprendre la situation, il est nécessaire d'aborder les différents thèmes suivants :

Pourquoi une telle dérive ?

Qui détient la dette ?

Comment se positionnent les autres pays ?

Risques et conséquences

Certaines explications pourraient paraître floues ou pas suffisamment documentées. Aussi, dans un chapitre intitulé *Les indicateurs de l'économie*, je rappelle de façon succincte quelques notions simples mais essentielles sur l'économie.

Ce choix est volontaire pour éviter d'alourdir ce chapitre, sachant que le lecteur pourra s'il le désire aller puiser des éléments d'informations complémentaires.

Ma préoccupation première est de passer un message clair à toute personne qui n'est pas obligatoirement familiarisée avec ces notions.

Je tiens à préciser un point important. J'ai arrondi volontairement les chiffres que je mentionne. Il est important de considérer les ordres de grandeur et non les valeurs à la deuxième décimale, sachant que dans les informations que j'ai pu recueillir, il y avait quelquefois des écarts notables.

La dette, en 2016, représentait 96 % du PIB, et le déficit était de 3,4 %. Vu sous un autre angle, la dette représente plus de cinq fois le revenu de l'État. Certaines informations plus récentes positionnent la

France à un taux d'endettement qui frôlerait les 100 % du PIB. Il avait été envisagé de modifier le calcul du PIB, probablement pour ne pas trop affoler le citoyen. Quand la température n'est pas satisfaisante, changer le thermomètre, en général, ne suffit pas. Néanmoins sur le plan comptable il faudrait comparer la dette au patrimoine de l'Etat et non au PIB. Comme je le précisais plus haut, la dette au sens de Maastricht se décompose comme suit :

– La dette de l'État, qui représente environ 80 %,
– Les collectivités locales pour 9,5 %,
– Sécurité sociale et assurance retraite pour 10,5 %.

Après la deuxième guerre mondiale, la France était à reconstruire. Bien sûr, il y a eu l'aide internationale avec le plan Marshall, et les accords de Bretton Woods. Mais l'État avait mis en place un système de financement : « Le circuit du trésor ».

Cela se présentait sous la forme de Bons du trésor, une reconnaissance de dette de l'État, en quelque sorte.

À l'époque, la banque centrale pouvait financer l'État en rachetant les Bons du Trésor. La Banque de France (banque centrale nationale) pouvait émettre des billets. On disait « faire marcher la planche à billets ».

Mais les deux événements majeurs suivants vont modifier le système économique mondial. Les États-Unis mettent fin aux accords de Bretton Woods, car ils ne peuvent plus assurer la convertibilité dollar/or comme cela était prévu à l'origine des accords. Il n'y avait plus de discipline, les États-Unis se sont mis à émettre de la monnaie et les pays ont commencé à s'endetter.

La loi du 3 janvier 1973 va totalement changer le principe de financement de l'État. Georges Pompidou et Valéry Giscard d'Estaing ont voulu « assainir » le système de financement. Selon certains, il semblerait qu'ils aient voulu copier le « modèle américain ». Nous avions déjà remarqué, au cours de la réunion des Açores en 1971, que VGE avait un penchant pour les États-Unis au point de pénaliser les intérêts de la France, à la grande satisfaction de Richard Nixon. Au football, il peut arriver qu'un défenseur marque un but contre son camp, mais dans ce cas bien précis, ce n'est jamais fait de manière intentionnelle !

À l'époque les banques, en France, étaient pour la plupart nationalisées. Le Président de la République Georges Pompidou a décidé que l'État ne devait plus emprunter auprès de la banque centrale mais sur des marchés financiers. L'idée était peut-être de nous amener vers un cercle vertueux. Mais l'avenir démontrera que ces gens ont livré la France à la finance internationale et que c'est bien une des causes de notre énorme endettement actuel. À leur décharge, il faut bien reconnaître que le contexte économique était favorable pour prendre une telle décision. En effet, dans les années soixante-dix, les déficits annuels de l'État français étaient très faibles. Donc les intérêts engendrés l'étaient tout autant. Les déficits ont fortement augmenté dans les années quatre-vingt-dix et notamment a cause des taux d'intérêt élevés.

Ensuite, la dette a commencé à s'emballer jusqu'à devenir insupportable. Mais le mal était fait.

Ce point-là est essentiel mais jamais évoqué dans les débats économiques, si toutefois on peut parler de débat économique ; c'est souvent un dialogue de sourds ou la foire d'empoigne sur les plateaux de télévision.

Aujourd'hui, le discours des politiques et des médias tend à nous faire culpabiliser. On veut nous faire croire que nous avons vécu au-dessus de nos moyens. Il faut bien trouver un coupable.

L'État n'est pas censé faire du profit. Il doit, dans la mesure du possible, équilibrer ses comptes. Il doit aussi penser à l'avenir en réalisant des investissements opportuns et bien gérer le patrimoine.

La construction de nouvelles infrastructures routières, la modernisation des hôpitaux, la construction d'écoles ou le développement d'énergies nouvelles seront autant de valeurs ajoutées au patrimoine que nous transmettrons aux futures générations. Il ne me paraît pas normal que dans ces conditions, le financement se fasse par le biais de créanciers qui ne cherchent qu'à faire du profit.

Il est choquant de voir que les banques centrales prêtent aux banques privées à des taux excessivement bas, voire proches de zéro, alors que ces mêmes banques prêtent aux États à des taux plus élevés. Ces taux seront d'ailleurs d'autant plus élevés suivant les notes attribuées par les agences de notation. Il faudrait que les États négocient des prêts directement avec la BCE.

Les États ne sont plus maîtres de leur destin dans la mesure où quelques créanciers peuvent « ruiner » l'économie d'un État. Sachant que pour les créanciers, l'important est que l'État laisse filer sa dette le plus possible afin que cette manne que représentent les intérêts puisse leur parvenir. L'État se trouve donc dans une situation de dépendance vis-à-vis des riches. Mais ce que recherchent les créanciers c'est le remboursement des intérêts, qui leur assure une rente au quotidien. Ils savent pertinemment que l'État ne pourra jamais rembourser une telle dette. On peut tout de même se demander pourquoi les élus laissent filer la dette sans rien faire. Seraient-ils complices de ce système ?

Mais la question d'origine était : pourquoi une telle dérive ?

Pourquoi une telle dérive ?

Le solde de l'État est en déficit, le niveau des dépenses est plus important que celui de nos recettes. Le solde a été excédentaire en France de 1958 à 1974. Depuis 1974, aucun budget n'a été en équilibre.

Nous connaissons une hypertrophie des dépenses de l'État. L'État est mal géré, surdimensionné et coûte beaucoup d'argent au secteur privé avec des prélèvements importants.

Comme je le précisais plus haut, la loi de janvier 1973 va changer le principe de financement de l'État. De ce fait, une grande partie de la dette qui est constatée aujourd'hui est constituée en grande partie des intérêts cumulés. Ce point est très important mais n'a jamais été relayé par les médias. L'État doit payer chaque année entre quarante-cinq et cinquante milliards de frais financiers. Il est bien évident que la loi de 1973 n'explique pas tout. Elle n'est pas la seule cause de la situation économique que nous vivons actuellement. La crise économique de 2008 et les deux derniers quinquennats ont bien aggravé la situation.

Fin 2009, la dette explose et atteint mille quatre cent quatre-vingt-neuf milliards d'euros, soit 77 % du PIB. Un an auparavant, la dette représentait 67 % du PIB.

En 2012, le déficit est ramené à cent milliards d'euros, mais il faut rembourser des Obligations du Trésor, ce qui porte le déficit à cent quatre-vingts milliards d'euros.

Pour financer son déficit, l'État est contraint, entre autres, d'émettre des OAT mais qu'il faut rembourser quand elles arrivent à terme.

Sur le tableau suivant sont exprimés les soldes déficitaires sur les trois dernières années (les valeurs sont exprimées en milliards d'euros).

	2014	2015	2016
Dépenses	374	366	374
Recettes	288	293	302
Soldes déficitaires	86	73	72

Source : Projet de Loi de Finance 2016

On nous parle souvent des dépenses excessives de l'État. Regardons de plus près comment se répartissent recettes et dépenses.

Les plus grosses recettes de l'État se décomposent de la façon suivante :

– La TVA rapporte un peu moins de 50 %
– L'impôt sur les sociétés 10 %
– L'impôt sur le revenu 24 %
– Diverses recettes fiscales et non fiscales 11 %
– TICPE 5 % (ancienne taxe sur les produits pétroliers)

Les plus grosses dépenses de l'État se décomposent comme suit :

– Enseignement scolaire 21 %
– Charges de la dette 17 %
– Défense 14 %
– Recherche et enseignement supérieur 10 %
– Égalité des territoires et logement 8 %
– Solidarité 8 %
– Sécurité 5 %
– Travail et emploi 5 %
– Autres 22 %

Nous avons tous entendu : « En France il y a trop de fonctionnaires ». Certains vont même jusqu'à dire qu'il y a environ deux fois plus de fonctionnaires en France qu'en Allemagne. La médiane européenne se situe à soixante fonctionnaires pour mille habitants, et la France en comptabilise environ soixante-dix-sept. Il est vrai que l'Allemagne fait mieux que la France avec seulement soixante fonctionnaires pour mille habitants. Mais en Allemagne, une grande partie des hôpitaux ont été privatisés. Les pays nordiques (Danemark, Finlande, Lettonie et Suède) oscillent entre cent dix et cent quarante fonctionnaires pour mille habitants.

Cependant, il est certain qu'il y a de la productivité à faire, mais pas n'importe comment.

Le déficit de l'État était en 2016 de près de soixante-douze milliards, dont neuf pour les collectivités locales et environ six milliards pour la sécurité sociale. Il faut savoir que les collectivités locales ont subi une forte baisse des donations de l'État et c'est une part importante de l'investissement public.

On s'aperçoit que le poste qui « plombe » le déficit de l'État, après l'enseignement, c'est de loin les intérêts liés au remboursement de la dette.

Même si cela ne change rien au problème, Il serait bien que nos politiques le reconnaissent une bonne fois pour toutes.

L'article 104 du traité de Maastricht précise que les États sont obligés de financer leurs investissements sur les marchés financiers. Il est interdit pour eux d'emprunter au niveau des banques centrales. Cette clause ne fait qu'augmenter la dette. La question est de savoir jusqu'où on peut aller avant que la France soit déclarée en défaut de paiement.

Un événement majeur est intervenu en 2007, créant ainsi une augmentation brutale du niveau d'endettement.

Cet événement, c'est la crise économique déclenchée par l'éclatement de la bulle immobilière aux États-Unis. C'était une crise des banques privées mais qui a provoqué des dettes très importantes pour les États. En effet, Nicolas Sarkozy et Gordon Braun ont décidé de faire intervenir les États pour soutenir les banques. La FED, pour éviter la récession, a prêté mille deux cents milliards à un taux d'intérêt voisin de 0 %, alors que la France empruntait à des fonds privés à taux d'intérêt de 3-4 %.

Michel Rocard déclara à ce sujet : *Qu'est-ce que c'est que ce jeu imbécile...* ?

Les économistes sont unanimes sur le fait qu'une grande partie de la dette est liée aux intérêts dus aux emprunts qui ont été faits sur les marchés financiers. Dans ces conditions, on peut affirmer que cette dette est en partie illégitime. Trois cent vingt milliards sous forme de garantie et 40 milliards pour recapitaliser les banques c'est le montant que cela a coûté à la France pour sauver le système financier. En 2007 la dette de la France, au sens de Maastricht, était de mille deux cent vingt milliards d'euros, en 2012 elle est passée à mille huit cent dix-huit milliards d'euros. Nous sommes passés d'un endettement de 64 % du PIB à près de 100 % en 2016. C'est le scandale du siècle.

Ce mécanisme de l'endettement continue de se creuser inexorablement.

Le résultat est que les banques continuent à vivre et même à bien vivre. Elles prennent des risques, ne se soucient pas des conséquences néfastes qui peuvent en découler. Les grandes banques ont le droit de demander aux citoyens de financer leur déficit et de les renflouer en cas de problème.

Maintenant, les transactions financières s'opèrent avec des technologies informatiques appelées *trading haute fréquence*. Il y a une dizaine d'années, les échanges d'actions se faisaient à la corbeille à la bourse de Paris, à des heures bien précises. Mais à partir de 1988, les échanges se font à partir d'ordinateurs dont les écrans sont installés dans les salles de marché ou les sociétés de bourse. Maintenant, c'est la cotation en continu.

L'individu n'a plus d'action directe sur les transactions qui se font par de puissants ordinateurs qui fonctionnent à partir d'algorithmes écrits par des mathématiciens hors pair, que le monde s'arrache. On est dans la démesure, c'est la course à la technologie.

Aux États-Unis, les deux tiers des transactions boursières passent par des ordinateurs autonomes contre un tiers en France. Selon certaines sources, aux États-Unis, la durée de détention d'actions serait de l'ordre de la minute alors que dans les années quarante, les investisseurs les gardaient environ cinq ans.

Les entreprises ne se financent plus à travers la bourse. La bourse est devenue un « casino géant » où les transactions s'opèrent à la microseconde. Des machines sophistiquées spéculent et certains passent à la caisse. Mais selon certains spécialistes, de temps en temps, il y a des *flash crashes*. Par exemple, un robot trader qui se met à vendre en un temps record des milliers de contrats. Cela peut conduire à l'affolement du système. Cela peut créer des catastrophes, certains peuvent tout perdre, d'autres peuvent gagner le jackpot. On peut dire que c'est la machine financière qui a pris le pouvoir. Toutes les semaines, il s'échange sur les marchés l'équivalent du PIB annuel mondial. C'est un signe de l'hypertrophie de la finance. On n'a pas assez régulé les marchés car les gouvernements dépendent des marchés financiers. Les politiques ne font pas l'effort de comprendre l'enjeu de la finance. Les liquidités créées par les banques centrales sont allées au-delà de la demande. La dette mondiale, tout confondu, est à un niveau jamais atteint. Jacques de Larosière précise que le point commun à toutes les crises, c'est la dette. Les banques centrales sont dans la dépendance des produits financiers.

Mais revenons à la troisième question qui était : comment se positionnent les autres pays ?

Comment se positionnent les autres pays ?

Il semblerait que le Japon, les États-Unis et la Grande-Bretagne, qui ne sont pas liés à l'euro, soient plus endettés que la France, toutes choses égales par ailleurs, c'est-à-dire ramenés à leur niveau de population.

Aux États-Unis, les différentes guerres auraient coûté seize mille milliards de dollars. C'est bizarre, le montant de la dette semble être du même ordre !

Aux États-Unis, la pente de l'endettement est de mille milliards de dollars par an.

Le chômage réel aux États-Unis atteindrait 17 %, bien que les chiffres annoncés officiellement soient nettement en dessous. Le problème est que beaucoup de personnes sont sorties du système et ne sont donc plus comptabilisées. Environ cinquante millions d'Américains vivraient en dessous du seuil de pauvreté. Un grand nombre de personnes qui ont dépassé soixante-dix ans continuent à travailler dans les usines.

Le système des prêts étudiants pourrait être à l'origine de la future crise économique aux États-Unis. Le coût des études a considérablement augmenté. Les banques prêtent facilement aux étudiants mais à des taux d'intérêt d'environ 7 %. Les avocats spécialisés dans les faillites personnelles sont très sollicités.

L'endettement global relatif aux prêts étudiants est de mille trois cents milliards de dollars. C'est peut-être la fin du rêve américain. Les jeunes diplômés ont des difficultés à trouver un emploi bien rémunéré ; les secteurs qui embauchent sont barman ou employé pour Uber. N'est-ce pas une nouvelle grosse crise économique qui se profile à nouveau à l'horizon ?

Bien que le système soit pour certains sur le déclin, les États-Unis restent cependant une grande puissance. Ils ont encore des pôles de développement importants. Ils restent une grande force dans des domaines comme l'armement, la finance et les technologies de pointe.

La production hollywoodienne est toujours aussi intense et s'exporte très bien, notamment en Europe. L'Europe est d'ailleurs un client essentiel et vital pour les États-Unis.

Le Japon, depuis longtemps, est un pays en déflation. Par ailleurs, on assiste depuis 2005 à une décroissance démographique. La moyenne d'âge approche les quarante-cinq ans. De plus, sa situation géographique rend le pays vulnérable aux tremblements de terre et autres catastrophes.

La croissance était élevée jusqu'en 1990 et la dette ne représentait que 60 % du PIB. Aujourd'hui, la dette globale serait de près de 400 % bien que la quasi-totalité de la dette soit détenue par les Japonais eux-mêmes. La Banque centrale japonaise utilise la « planche à billets » pour racheter de la dette ; mais en cas de défaut de paiement, les Japonais pourraient voir une partie de leurs économies disparaître.

L'Allemagne est le pays qui se porte le mieux aujourd'hui, littéralement dopée par une balance commerciale fortement excédentaire. J'explique plus loin, dans le chapitre Europe, pourquoi l'Allemagne a autant d'excédents. Cette situation peut encore évoluer à son avantage si les problèmes économiques viennent à éclater dans les pays d'Europe du Sud.

Mais souvenons-nous que cela n'a pas toujours été le cas. La RFA était en défaut de paiement après les dispositions qui avaient été prises lors du traité de Versailles de 1919. Sous la république de

Weimar, l'Allemagne était rentrée dans une période d'hyperinflation qui a failli entraîner le chaos. Pour rembourser la dette énorme qui lui avait été infligée, l'Allemagne avait choisi de faire marcher la planche à billet plutôt que d'augmenter les taxes. Le résultat fut l'hyperinflation, le mark s'écroula ; c'est un cas unique dans l'histoire des pays industriels.

En effet, l'Allemagne avait dû reconnaître non seulement sa défaite militaire, mais aussi sa responsabilité entière dans le déclenchement de la guerre.

Il avait été demandé des réparations exorbitantes et notamment un dédommagement de cent trente deux milliards de marks, en plus des dispositions militaires et de la redéfinition des frontières.

Sur proposition du président américain Hubert Hoover, les paiements de la dette furent suspendus pour un an en juin 1944. L'Allemagne n'avait alors versé que 13 % des sommes prévues initialement. À la conférence de 1932 à Lausanne, Édouard Herriot accepte que les réparations soient abandonnées, moyennant un versement définitif de treize milliards, car l'Allemagne est dans l'incapacité de payer.

Malgré tout, ce traité de Versailles sera vécu comme une injustice par les Allemands et sera unc des causes de la deuxième guerre mondiale.

Le chancelier du Troisième Reich veut effacer toute trace du traité de Versailles ; il veut construire une Europe allemande. L'absence de réaction des démocraties de la France et du Royaume-Uni permettra à Hitler d'annexer la Tchécoslovaquie et de commencer l'invasion de la Pologne.

Plus tard, les Européens et les Français ont encore lâché du lest. Par les accords de Londres de 1953, qui couvraient les dettes de l'Allemagne d'avant et après la seconde guerre mondiale, celles-ci ont été réduites d'environ 50 %. L'Allemagne remboursera sa dette en 1980.

Aujourd'hui, le peuple allemand épargne beaucoup. La politique de modération des salaires est très stricte, ce qui a permis de rendre les entreprises plus compétitives. Certains diront que c'est lié à leur mentalité, d'autres que l'histoire a laissé des traces.

L'Allemagne compte environ trois cent mille entreprises contre cent vingt mille en France. Les PME allemandes exportent beaucoup plus que les PME françaises. Elles dégagent des excédents commerciaux qui se situent depuis plusieurs années autour des deux cents milliards par an. Ces excédents ont commencé à grimper après les années soixante-dix mais avec deux ruptures fortes : l'une liée au deuxième choc pétrolier et l'autre à la réunification des deux Allemagnes en 1990. La crise de 2007-2008 aura laissé, quant à elle, assez peu de traces sur les exportations. On prête souvent à François Mauriac la phrase suivante :

J'aime tellement l'Allemagne que je suis ravi qu'il y en ait deux.

Il faut préciser que cette citation s'inscrivait dans le contexte d'après 1945, où l'Allemagne inquiétait beaucoup à cause du sentiment de puissance économique qu'elle dégageait.

Je parle un peu plus loin du mercantilisme allemand et de sa politique non coopérative par rapport à l'Europe.

La France se situe aux antipodes avec un déficit commercial de l'ordre de cinquante milliards. Nous pouvons dire que nous sommes les moins bons de l'Europe. L'Allemagne est souvent citée en exemple pour son économie. Les produits allemands ont une réputation telle que cela les positionne de façon plus favorable sur les marchés. Néanmoins la réduction du chômage s'est faite en faisant travailler des millions de personnes avec des salaires excessivement bas. Le taux horaire de nombreux salariés est de l'ordre des huit à neuf euros.

Mais le problème le plus inquiétant est bien celui du vieillissement de la population. Les rentiers allemands refusent les investissements pour de nouvelles infrastructures, pourtant nécessaires. Le taux de mortalité est bien supérieur au taux de natalité. Certains annoncent un effondrement de la démographie qui pourrait amener l'Allemagne à soixante-dix millions d'habitants à l'horizon 2060.

Il semble qu'en dessous de quatre-vingts millions d'habitants, la croissance ne soit pas possible. Ceci pourrait justifier la position de madame Merkel qui voulait favoriser l'entrée de nombreux migrants dans son pays.

Le Royaume-Uni vient de quitter l'Europe après plus de quarante années de participation. Ce pays, qui est à l'origine de la démocratie moderne, supportait probablement mal la dictature technocratique imposée par l'Europe. Il est encore trop tôt aujourd'hui pour tirer les conséquences du Brexit. Madame Theresa May veut mettre en place un plan de relance de l'industrie ainsi qu'une fiscalité avantageuse pour les sociétés.

Le groupe de restauration rapide McDonald's quitte ainsi le Luxembourg pour profiter des avantages fiscaux du Royaume-Uni. Est-ce l'attrait du pays ou le désir de quitter l'Union Européenne, sachant que cette société est sous le coup d'une enquête de l'UE pour avoir bénéficié d'un régime de faveur ? À l'avenir, on risque d'assister à un bras de fer entre Bruxelles et Londres. Cependant si la croissance est à Londres, en dehors cela semble moins brillant. C'est probablement cela aussi qui explique le Brexit. L'Angleterre a inventé des contrats de travail à « zéro heure », sans aucune garantie sur les horaires et rémunérations. Un million de salariés travailleraient sous ces contrats précaires avec une rémunération la plupart du temps minimum.

L'Italie serait au bord de la faillite. La croissance est proche de zéro, l'endettement atteint 130 % en 2016 et les taux d'emprunts sont élevés. L'Italie sera peut-être obligée de quitter l'euro. Mais dans l'hypothèse où l'Italie sortirait de l'Europe, celle-ci serait redevable d'une somme énorme. Il n'y a pas de convergence économique entre l'Italie du Nord et l'Italie du Sud. L'Italie du Nord est encore fortement industrialisée. Mais la démographie est en régression. Il faudrait que l'Italie dévalue d'au moins 20 % pour être compétitive. Il y a risque d'accroissement des inégalités et de régression sociale.

L'Espagne subit un taux de chômage important avec beaucoup d'emplois précaires. La dette publique atteint 100 % du PIB, et 175 % pour la dette privée. Les salaires chez le constructeur automobile Seat ont baissé de façon très significative pour rester compétitif. Là aussi, l'euro est trop haut. L'Espagne exporte beaucoup dans le secteur agroalimentaire, notamment les fruits et légumes. L'Espagne a beaucoup investi dans la construction. Peut-être a-t-elle trop construit. Il semble qu'il y ait de véritables zones fantômes, sans le moindre occupant.

Quant à **la Grèce**, le constat est catastrophique. Il est inutile de s'étendre sur le sujet tant la situation est grave. Par rapport à son PIB la Grèce est le pays de la zone euro qui a la dette la plus importante. De plus les taux de remboursement sont très élevés. Il est impossible de s'en sortir dans ces conditions. Le taux de chômage est très élevé chez les jeunes, et depuis 2008 c'est près de cinq cent mille d'entre eux qui ont quitté le pays. Par rapport aux dix millions de Grecs, cela représente un pourcentage énorme. Tous ces jeunes diplômés qui quittent le pays vont laisser derrière eux un pays sans perspective.

Le **Portugal** est victime d'un important chômage chez les jeunes, qui les contraint souvent à quitter le pays faute de trouver un emploi. Cela fausse les statistiques du chômage, et c'est très inquiétant pour l'avenir de ce pays. Aujourd'hui, le Portugal reçoit beaucoup d'expatriés qui profitent du système fiscal très avantageux. Mais cette politique pénalise les Portugais, qui voient les prix de l'immobilier exploser. Le travail au noir est extrêmement courant dans le pays. L'Europe semble fermer les yeux pour le moment dans la mesure où ce pays ne représente que 2 % de la population européenne.

L'endettement de nombreux pays en Europe ne cesse de croître, alors qu'en Allemagne il a fortement diminué de 2000 à 2014. Durant cette période, l'endettement au Japon et aux États-Unis est resté élevé mais sans grande variation. Quant à la dette chinoise, il est assez difficile d'obtenir des données fiables. La Chine a connu une croissance très forte, notamment en raison de ses exportations. Elle serait sur la voie de devenir la première puissance économique mondiale. Sa dette serait de l'ordre de trois mille milliards, à comparer aux seize mille milliards des États-Unis !

Ce tableau indique, en regard des PIB décroissants, les indices de croissance et d'endettement des États.

Pays	**PIB en milliards de dollars**	**Taux de croissance**	**Dette en % PIB**
Etats-Unis	18000	1,9	86
Chine	12000	6,5	25 !
Japon	4100	1,1	230
Allemagne	3350	1,5	70
Royaume-Uni	2850	2,2	90
France	2420	1,1	98
Inde	2090	7	52
Italie	1815	1	130
Brésil	1770	-1	55
Canada	1550	1	85
Russie	1320	-1	18

Source FMI années 2015/2016

Jusqu'à présent, nous avons parlé de la dette des États. Il est intéressant de regarder l'importance de la dette privée, c'est-à-dire le cumul de la dette des ménages et des entreprises. Regardons maintenant comment se situe la dette privée pour les pays que je viens de citer.

En 2014, les taux d'endettement de la dette privée étaient en pourcentage de PIB les suivants :

– Chine 200 %
– Japon 160 %
– Royaume-Uni 146 %
– États-Unis 145 %
– France 122 %
– Allemagne 91 %

La question est de savoir si nous pouvons supporter ou pas un tel endettement. Évidemment, le remède miracle n'existe pas. Les solutions qui pourraient se présenter sont les suivantes, même si celles-ci ne paraissent pas réalistes, tout au moins dans le contexte actuel.

Générer de la croissance
Politique d'austérité - rigueur
Inflation et augmentation des taux d'intérêt
Agir sur le défaut de paiement

La dette mondiale représente plus du double du PIB global de la planète. Selon le FMI, la dette mondiale aurait atteint cent cinquante-deux mille milliards de dollars. Depuis 2008 cette dette a explosé, et nous ne sommes pas à l'abri d'un gigantesque krach financier. Il faut savoir que la plupart des grandes crises financières sont souvent précédées d'un boom immobilier et/ou de dettes qui deviennent impossibles à surmonter.

Qui détient la dette ?

L'État entretient l'opacité concernant le rachat de la dette. Il émet des titres financiers auprès des banques qui vont à leur tour revendre ces titres à leurs clients.

Il semblerait qu'un tiers de la dette soit détenu par des Français sous forme d'assurances et fonds de pension. Les plus gros acheteurs de la dette française étaient en 2011 les compagnies d'assurances et fonds de pension AXA, Allianz et MMA.

Les deux tiers restants de la dette seraient détenus par des non-résidents en France. Certains parlent de l'Arabie saoudite, qui finance déjà l'État islamique avec les armes qu'on lui vend. L'Arabie saoudite, pays des « non droits de l'homme ! »

Quant au Qatar, ce pays est exempt de plus-values immobilières, ainsi que de gains sur le capital. C'est bien Nicolas Sarkozy qui est à l'origine de ce passe-droit. On peut imaginer l'impact que peut avoir ce pays dans le financement de la dette. Cette dette qui grossit chaque jour inexorablement même si elle est amoindrie depuis que les taux d'intérêt sont bas. C'est bien en raison de cette augmentation insensée de la dette que l'on nous présente une pseudo-croissance. Pour dégager 1 % de croissance, il faut consentir à faire environ trois fois plus de dettes. Aberrant, non ?

Le problème qui se pose au niveau de la dette, c'est surtout pour le financement des intérêts qui ne cessent de grandir et qui représentent chaque année environ un huitième des recettes de l'État. Combien de temps pourra-t-on tenir dans ces conditions ? La prochaine crise économique pourrait nous être fatale et nous conduire à la faillite.

Pour dire les choses simplement, on a un gros découvert et chaque année, le déficit public accroît cette dette. Nous devons payer des intérêts à des créanciers avec de l'argent que l'on doit emprunter.

Risques et conséquences

Les taux d'intérêt modérés nous évitent aujourd'hui le pire. Par contre, la croissance reste bien trop faible et je dirais même maintenue en positif au prix d'un endettement devenu presque un mal nécessaire. Le niveau particulièrement bas de l'inflation ne réduit pas la dette, bien au contraire.

Le faible taux d'inflation est contrôlé par la BCE. Cela fait partie de ses principales attributions. Il est clair que dans ces conditions, le remboursement de la dette est quelque chose d'impensable mathématiquement parlant. Tous les créanciers en sont d'ailleurs bien conscients. Pour le moment ils sont intéressés par les intérêts que cela leur rapporte et qui permettent de leur assurer une rente confortable.

La question est de savoir si l'État, compte tenu de sa dette, peut faire faillite. L'État pourrait être considéré en faillite à partir d'un certain seuil d'endettement par rapport au PIB. Si tel était le cas, l'endettement serait probablement bien au-delà des 100 %, ramené au PIB. En règle générale, pour faire faillite, il faut que les dettes soient supérieures aux avoirs. Mais dans le cas de l'État, il y a des solutions pour éviter ce scénario catastrophe : augmenter les rentrées d'argent soit sous forme d'un impôt supplémentaire, soit en ponctionnant le capital, y compris des particuliers. N'oublions pas que le patrimoine des Français s'élève à douze mille milliards d'euros, soit presque six fois le montant de la dette. Je pense que le plus gros risque serait que les investisseurs perdent confiance. Tout se résume à la confiance qu'auront les investisseurs sur le pays. Les taux d'intérêt et les notes attribuées par les agences de notation sont autant d'éléments qui rassureront – ou pas – l'investisseur. Néanmoins, les spéculateurs perçoivent des primes de risque lorsqu'ils prêtent à des États en grande difficulté. Mais si l'affolement venait à s'emparer des prêteurs, cela pourrait effectivement se transformer en catastrophe. D'où l'intérêt à prôner partout que tout va bien ; la croissance décolle et les entreprises embauchent à nouveau !

La question qui vient à l'esprit est de savoir si l'État, dans un cas de dette extrême, ne va pas vouloir essayer de réduire voire d'annuler sa dette. Et là, ce ne serait pas très bon pour tous ces investisseurs qui ont prêté !

Une chose est sûre, pour que la dette baisse, il faudrait que le déficit soit inférieur au montant des remboursements. Il faudrait que le pays retrouve de la croissance.

Comme je le disais plus haut, le patrimoine des Français est de l'ordre de douze mille milliards d'euros. Cela prend en compte l'immobilier, les livrets d'épargne et surtout les assurances-vie. Dans une situation extrême, cela pourrait représenter une manne pour un État endetté.

Les assurances-vie, bien que déjà investies en grande partie dans des obligations d'État, risquent à terme de se voir ponctionner.

Nous n'en sommes pas encore là, mais il est bon de l'avoir à l'esprit même si cela ne fait pas plaisir.

Ce système de spoliation des déposants a été réalisé mis en place à Chypre. En 2013, la banque centrale de Chypre réalise un « plan de sauvetage » du secteur financier en ponctionnant directement les dépôts en banque des particuliers. Au-delà de cent mille euros, la ponction approche les 50 %.

Ce plan de sauvetage, aidé à hauteur de dix milliards par le FMI et la BCE, représentait les deux tiers du PIB de Chypre. Si cette situation touchait un plus grand pays, le problème serait d'une autre ampleur avec des conséquences que l'on ne peut imaginer.

Le risque systémique des banques existe bien, y compris pour les grandes banques. Dans un cas de faillite bancaire, les actionnaires sont en général les premiers sollicités ; viennent ensuite les détenteurs d'obligations et enfin les déposants. Le phénomène de panique des déposants qui cherchent à retirer rapidement leur argent de la banque avant que le compte ne se vide ne fait qu'amplifier le phénomène.

À partir de 2016, il a été décidé que les comptes clients dotés de plus de cent mille euros pourraient être prélevés pour participer au sauvetage des banques, conformément à une directive européenne. C'est donc bien les déposants et contribuables qui seraient mis à contribution.

Pour ma part, je suis convaincu que le fonds de garantie de cent mille euros ne peut en aucun cas être une réelle sécurité pour les déposants en cas de grosse faillite. Le fonds de garantie, qui est de trois milliards d'euros pour la France, serait totalement insuffisant pour couvrir une crise systémique de grande ampleur. On nous dit que les actionnaires seraient de toute façon sollicités en premier !

Certes mais ces gentils actionnaires, avertis probablement avant tout le monde de l'ampleur du désastre qui se profile, auront tout le temps de mettre à l'abri leur « petit magot ».

Il semble que depuis la dernière crise économique, les États ne veulent plus ou ne peuvent plus intervenir pour sauver les banques.

Monsieur Pierre Descheemaeker, célèbre avocat en droit bancaire, déclarait :

...Il vaut mieux, en cas de faillite, perdre 10 à 15 % de ses dépôts que la totalité....

Le moins que l'on puisse dire c'est que ce ne sont pas des propos qui rassurent !

Les grandes banques prennent des risques ; en cas de réussite, ils récupèrent les gains mais si ça se passe mal, c'est le contribuable qui paiera. L'État ne laissera pas une grande banque faire faillite. En termes d'économie, on appelle cela le *Too big to fail*.

Nicolas Sarkozy et Angela Merkel ont pris position sur ce sujet suite au sauvetage des banques lors de la crise des *subprimes* en 2008.

Il s'agit d'une directive européenne applicable depuis le 20 août 2016, passée en douce par ordonnance et qui stipule qu'une banque pourra se renflouer en ponctionnant sur les comptes de ses clients. Personnellement, je trouve cela totalement immoral.

La Loi Sapin 2 prévoit la possibilité, en cas de crise financière grave, de suspendre toute demande de remboursement ou de sortie d'argent sur les contrats en assurance-vie pendant une période de six mois. Même si ce risque est faible, il existe et il est bon de savoir qu'en cas de grosse crise économique, tout sera permis. Le montant total des assurances-vie en France est important, cela dépasse mille six cents milliards.

Méfiance donc vis-à-vis de votre banque, votre assurance-vie ou autre placement. Il est aujourd'hui difficile de concilier rentabilité et sécurité pour des placements d'argent.

D'une façon générale, l'assurance vie finance avant tout les banques et non la dette de l'État. Et tout le problème est là. Pour mémoire, il y a déjà eu dans le passé des faillites de compagnies d'assurance-vie. Le risque est d'autant plus grand si l'assurance-vie a été contractée dans une banque. Ce type d'incidents ne manquera pas de se reproduire. Le fonds de garantie a une limite et il ne pourra en aucun cas couvrir l'ensemble des dépôts. Il est bon de le savoir afin de diversifier ses contrats en connaissance de cause.

Alors se doter d'un toit, de liquidités, de quelques pièces d'or ne me semble pas un mauvais placement. Concernant l'or, il est évident que l'or « papier » n'a aucune valeur. Seul l'or métal, sous forme de pièces, présente un intérêt. Le marché des actions assure un certain nombre d'avantages, le marché est lucratif aujourd'hui, mais en partie grâce au Q.E.

Une société qui se trouve dans la situation où son endettement est très important dispose de peu de solutions pour régler la note. Comme je le signale plus haut, la solution pourrait être de laisser filer l'inflation pendant une période suffisamment longue, et la dette s'en trouverait d'autant réduite. Mais cette politique induirait une augmentation de salaires et des sacrifices pour les gens qui vivent de leur rente. Alors Mario Dragui pratique une autre politique. Il a décidé de racheter les dettes en faisant du Q.E. pour que les taux d'intérêt restent anormalement bas. Il ne veut surtout pas que les taux d'intérêt remontent. Car si tel était le cas, la dette deviendrait insoutenable avec toutes les conséquences que cela pourrait engendrer.

La politique retenue est donc de limiter l'inflation à 2 %, de montrer une pseudo-croissance et surtout, d'entretenir la confiance. Il est important de faire croire aux gens que tout va bien. Car s'il y avait une augmentation de l'inflation, un certain nombre de pays, à l'exception de l'Allemagne, ne pourraient faire face. Je pense aux États-Unis, à la France et à toute l'Europe du Sud. Dans ce cas, il y aurait un gros risque de spoliation des épargnants. Mais tout est déjà prévu. Aujourd'hui les Allemands n'émettent plus de dettes, et de plus ils remboursent. Ce qui pose un vrai problème !

La solution retenue par Mario Dragui est conforme à la politique de Friedman, à savoir injecter massivement de l'argent en maintenant une inflation réduite. Cela nécessite d'introduire régulièrement de l'argent ; c'est ce qui se fait depuis plusieurs années, mais pour encore combien de temps ? Ce système est totalement absurde et ne pourra pas tenir.

En 2010, un événement exceptionnel s'est produit en Islande. La presse en a très peu fait écho et pourtant, cet événement est sans précédent.

Le peuple islandais a réussi à faire démissionner le gouvernement. Suite à un référendum, plus de 90 % du peuple a voté NON au remboursement de la dette et a décidé que la dette que détenaient les banques anglaises et hollandaises n'était pas légitime.

Le peuple islandais s'est battu contre un système économique dont il ne voulait plus, il a en quelque sorte donné une leçon de démocratie au monde entier.

La Suède a traversé une crise sans précédent à partir de 1992. Banques en faillite, éclatement de la bulle immobilière, finances dans le rouge. Elle s'en est remise au prix de gros efforts consentis par tous. Hausse des taxes, réformes en profondeur et cure d'austérité pendant sept années.

La Suède avait quelques atouts. Sa souveraineté monétaire lui a permis de dévaluer et de retrouver de la compétitivité.

De plus, à cette époque, il n'y avait pas de crise généralisée en Europe. Les avantages sociaux ont bien sûr été considérablement réduits, notamment au niveau du chômage et de la santé. Cette politique a contraint les personnes à trouver un emploi coûte que coûte.

Un exemple à suivre, peut-être, mais sommes-nous arrivés au point le plus bas pour accepter un tel traitement de choc ?

LES INDICATEURS DE L'ÉCONOMIE

Si tous les économistes se tenaient la main, ils n'arriveraient même pas à une conclusion.
Georges Bernard Shaw

Tout ne s'explique pas avec l'économie, mais rien ne s'explique sans parler d'économie. De nos jours, on ne peut pas comprendre le monde actuel sans tenter de comprendre comment fonctionne l'économie. Malheureusement ce n'est facile ni à comprendre et encore moins à prévoir, car cela n'est pas une science exacte. Aujourd'hui, il y a pléthore d'articles de journaux et d'ouvrages consacrés à l'économie mais pas toujours d'un accès facile pour les non spécialistes. Le monde est peuplé d'experts en économie qui se trompent régulièrement dès qu'ils se risquent dans des prévisions. Certains se risquent dans des versions catastrophiques qui ne sont pas toujours fondées.

Quant aux politiques, il faut reconnaître que nombre d'entre eux n'y entendent rien ou pire encore, croient savoir. En toute humilité, j'ai essayé de donner quelques clés aux lecteurs. Je me suis attaché à parler des éléments essentiels, que j'appelle indicateurs de l'économie. Pour jouer aux échecs, il faut bien connaître le déplacement des pièces.

Cependant il faut toujours avoir à l'esprit que même dans des situations où les indicateurs ont la même valeur, les effets produits ne sont pas forcément identiques.

Souvent des éléments perturbateurs, inattendus et parfois non quantifiables viennent perturber et rendre l'exercice encore plus difficile.

Malgré tout, ces indicateurs permettent d'avoir une vision macro-économique et aident à voir se profiler une tendance.

Soyons concrets et regardons de plus près ce que sont ces indicateurs fondamentaux de l'économie :

La croissance,

La balance commerciale,

L'inflation,

Le chômage.

Il y a bien sûr d'autres éléments qui entrent en ligne de compte comme les taux d'intérêt ainsi que l'indice de la consommation des ménages.

La croissance

Nos politiques, quand ils nous parlent d'économie, c'est-à-dire rarement, nous disent qu'il faut de la croissance pour que l'économie d'un pays se porte bien. On nous dit que nos problèmes économiques, dette comprise, ne pourront être réglés que par la croissance. Alors essayons de comprendre ce qu'est cette chose magique : la croissance. Voyons ce que cela inclut, et comment elle se mesure.

La croissance s'exprime à travers le PIB (Produit Intérieur Brut). Le PIB est la somme de la consommation des ménages, de l'investissement des entreprises et des dépenses de l'État sur une année.

On appelle donc taux de croissance, le taux de variation du PIB sur une année par rapport à une année précédente.

Sans croissance il y a moins de crédit, donc moins d'argent disponible, ce qui induit de la pauvreté.

Les Trente Glorieuses ont généré énormément de croissance, les sociétés amélioraient leurs performances et faisaient de la productivité. Par ailleurs les ménages avaient du pouvoir d'achat donc consommaient. Depuis plusieurs années, nous perdons régulièrement de la croissance et principalement depuis la crise de 2008. Aujourd'hui, la croissance atteint tout juste les 1 %.

On constate que depuis quelques années, la croissance ne cesse de décroître, alors les banques pratiquent des taux très bas pour forcer à emprunter, y compris pour les sociétés. Malgré cela il semble que la croissance ne reparte pas vraiment, quoi qu'en disent certains ! Cette pratique des taux bas correspond en quelque sorte à un impôt pour les épargnants.

Certains économistes affirment que le PIB n'est pas un indicateur suffisamment pertinent ; mais aujourd'hui nous n'avons rien trouvé de mieux.

Des démarches administratives lourdes et complexes feront augmenter le PIB. À l'inverse, la diminution des accidents de la route, la bonne santé des citoyens vont pénaliser le PIB, du fait de la réduction ou de la suppression de certaines activités.

L'ensemble des exportations donne une information complémentaire sur la santé d'un pays. La balance commerciale est de ce fait un indicateur pertinent.

La balance commerciale

C'est la différence entre la valeur des biens exportés et des biens importés. En France, la balance commerciale prend en compte seulement les biens ; les services ne sont pas compris dans le calcul, contrairement à d'autres pays.

Quand la balance commerciale est positive, on dit qu'elle est excédentaire ; a contrario, quand la balance commerciale est négative, on parle de déficit commercial. La compétitivité des entreprises, les droits de douane et les délocalisations sont bien souvent les causes d'un excédent ou d'un déficit commercial.

En 2014, la balance commerciale était déficitaire de quarante-huit milliards d'euros, contre quarante-cinq en 2015. Les principaux secteurs déficitaires étaient l'énergie liée à l'apport des hydrocarbures, l'informatique, le textile, les mcubles et l'automobile. À l'inverse, les secteurs excédentaires étaient l'aéronautique, l'agroalimentaire, les parfums et cosmétiques. En France nous avons un problème de compétitivité des entreprises, notamment face à l'Allemagne, qui elle a des excédents énormes.

Un élément très important, dont on parle peu, intervient dans la compétitivité des entreprises : c'est le taux de change entre les monnaies. Ce taux de change influe directement sur les prix à l'exportation et à l'importation, donc sur la compétitivité d'un produit. L'euro fort pénalise la compétitivité des entreprises à l'export et encourage les personnes à acheter étranger puisque les biens deviennent plus compétitifs. La valeur de l'euro est établie sur les marchés. Mais il faudrait une politique monétaire mondiale pour pouvoir influencer ces marchés.

L’inflation

L’inflation est un phénomène qui altère le pouvoir d’achat et le pouvoir de la monnaie. Cela se traduit par une augmentation des prix. Pour les libéraux, l’inflation est le mal absolu. L’exemple le plus terrible est très probablement l’épisode qu’a connu l’Allemagne pendant les années vingt sous la république de Weimar. J’y reviendrai dans le chapitre sur la France et l’Europe.

En France, l’indice de l’inflation est calculé par l’INSEE. Nous avons connu en France, dans les années quatre-vingt, des inflations qui étaient de l’ordre des 10 % et plus. Aujourd’hui, l’inflation est maintenue par la BCE à un maximum de 2 %.

Laisser filer un peu d’inflation peut présenter des avantages, notamment pour le rachat de dettes, qui apparaît comme plus supportable. Cependant les réveils peuvent être difficiles lorsque la déflation plane à l’horizon.

Pour résumer, l’inflation fait monter les prix, l’argent perd en quelque sorte de sa valeur. C’est aussi une perte d’argent pour les rentiers. La plupart des sociétés luttent contre l’inflation mais certaines risquent de sombrer dans la déflation, ce qui peut être pire. En période de déflation, les prix baissent, qui peuvent être suivis par les revenus. Il n’y a que la dette qui ne baisse pas.

Le chômage

Le chômage est un des fléaux de notre époque. Mais c'est le chômage chez les jeunes, qui frôle les 25 %, qui inquiète le plus. Un pays qui ne sait pas donner de travail à ses jeunes est un pays dont l'avenir est compromis.

L'INSEE a recensé en 2016 26,2 millions d'actifs en France. Sont inclus dans ce chiffre 3,5 millions de personnes annoncées par Pôle emploi comme étant au chômage.

Toutes catégories confondues, le chiffre atteint 6,3 millions de demandeurs d'emploi. Alors comment expliquer une telle différence ?

Ce chiffre intègre les demandeurs d'emploi d'outre-mer. De plus, certains demandeurs d'emploi sont répertoriés en catégorie réduite. Ce sont des personnes qui recherchent un emploi mais qui peuvent réaliser un maximum de soixante-dix-huit heures par mois. Les différents politiques occultent volontairement ces catégories de demandeurs d'emploi pour minimiser le problème du chômage en France.

Le graphique ci-dessous montre le taux d'emploi pour différents pays. On voit nettement que la France est placée en bas du graphique avec 64 %. Le Royaume-Uni et l'Allemagne sont respectivement à 72 et 78 %.

Des solutions existent, elles passent probablement par des aménagements à faire d'une part sur la flexibilité du travail dans les entreprises, et d'autre part sur une meilleure formation professionnelle orientée sur l'apprentissage.

Par ailleurs, le système de rémunération des chômeurs doit inciter à privilégier l'activité. Il n'en demeure pas moins que la réduction des charges sociales des entreprises est un incontournable pour encourager les entreprises à embaucher.

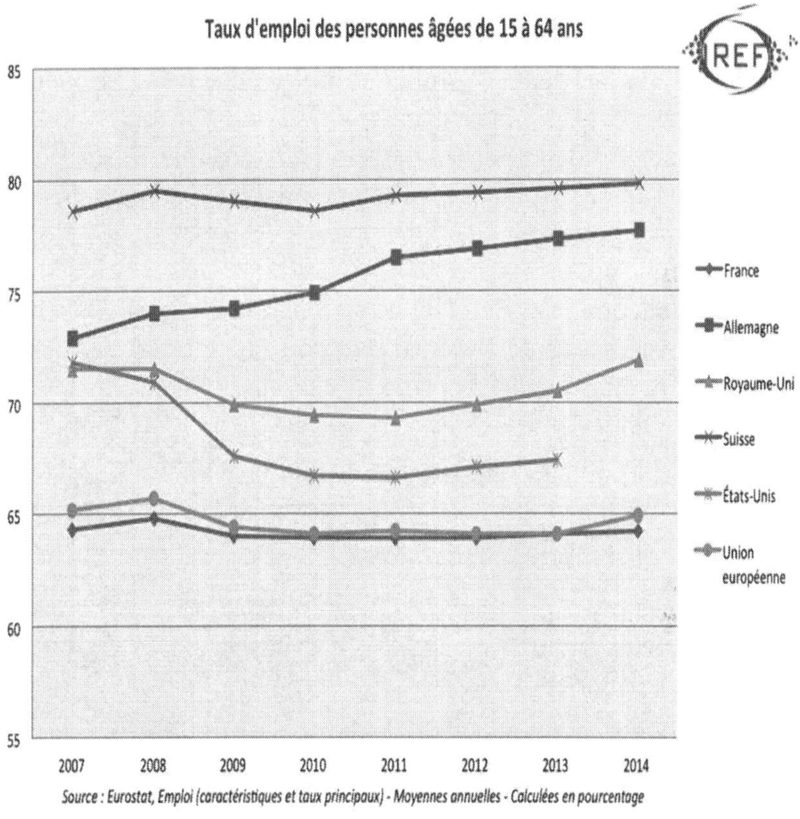

L'économiste britannique Nicholas Kaldor a réalisé une représentation graphique intéressante en intégrant les quatre paramètres cités plus haut. Cette représentation est appelée « carré magique », car en rejoignant les points de ces quatre paramètres supposés optimums on obtient un quadrilatère parfait.

Ces conditions optimales sont réunies lorsque par exemple :

– La croissance maximale est atteinte à 5-7 %,
– La balance commerciale est en équilibre ou excédentaire,
– L'inflation est au minimum (stabilité des prix proche de 0),
– Le chômage est au plus bas.

Un autre élément doit être pris en considération, c'est la soutenabilité de la dette. Celle-ci dépend de plusieurs facteurs, notamment :

– Le niveau d'endettement par rapport à la croissance,
– Le taux d'intérêt, qui peut varier suivant les notes accordées par les agences de notation.

Il est évident que le carré idéal ne se rencontre jamais. Cependant cela peut permettre de se situer, d'une part par rapport aux années précédentes, et d'autre part par rapport aux autres pays.

Est représenté ci-dessous le carré magique de Kaldor pour trois époques différentes.

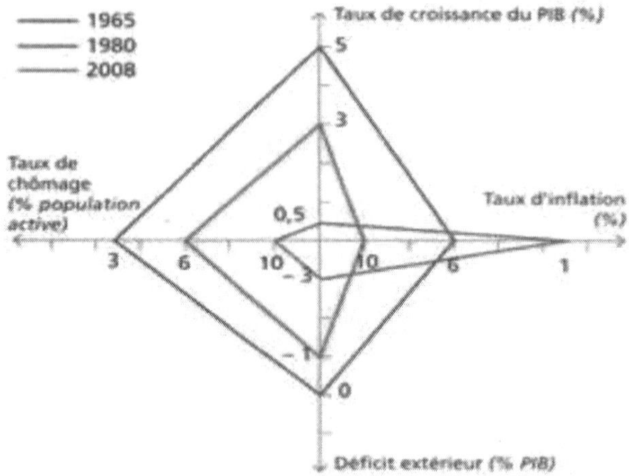

Années	Contexte	PIB	Inflation	Chômage
Depuis 2008	Crise de subprimes	0,5%	1,5%	10%
1992	Crise monétaire Europe	1,5%	2,4%	9,5%
1983	Politique de rigueur	1,3%	4,5%	9%
1974 à 1982	74 1ère guerre du Golfe 79 2ème choc pétrolier	2,5%	11%	3,5 à 6%
1945 à 1973	Après- guerre 30 glorieuses	6%	1,8%	1%

Nous étions dans une situation où nous avions une croissance de plus de 6 %, un chômage faible et d'énormes projets de construction et de développement. C'était la période des Trente Glorieuses, qui a permis d'importantes réformes sociales, que nous ne pourrions probablement plus financer vu le contexte économique actuel. Depuis 2008, on constate une croissance en berne d'à peine 1 %, une balance commerciale déficitaire, un chômage de masse ; seule l'inflation est faible mais cela fait partie du dictat imposé par Bruxelles.

La croissance est à peine de 1 %, elle baisse chaque année, donc les banques pratiquent des taux très bas pour encourager les particuliers et les sociétés à emprunter.

La majorité des économistes sont favorables à une économie de type keynésien, à savoir : plus je consomme et plus je crée de la croissance. Le problème est que pour maintenir une pseudo-croissance, on augmente sans cesse l'endettement de l'État et des particuliers. Il faut solliciter des créanciers pour essayer de colmater les brèches du navire qui prend l'eau de partout. C'est la mission impossible, tout comme l'était celle des Danaïdes, condamnées aux enfers à remplir sans fin un tonneau troué.

Posons-nous cette simple question :

De combien a-t-on augmenté la dette pour pouvoir tenir un point de croissance ?

La réponse risque de donner le vertige, voire d'inquiéter les personnes les plus optimistes. Et malgré cela, il semble que la croissance ne reparte pas vraiment, quoi qu'en disent certains !

Le problème est que nos politiques et les banques centrales n'ont pas la solution, ou plutôt ne peuvent pas les mettre en place. Cependant ils se forcent à nous tenir un discours optimiste pour maintenir la confiance et éviter de voir fuir les capitaux.

Le problème, pour monsieur Dragui, est de savoir comment régler le problème de rareté de la monnaie et des crédits dans les pays déficitaires, sachant qu'on ne peut pas injecter de la monnaie sur le marché primaire. Mais peut-être n'y-a-t-il pas de réponse !

En plus des indicateurs vus précédemment, il faut ajouter un indicateur important qui est la compétitivité des entreprises.

La compétitivité, pour une entreprise, c'est la faculté à se positionner de façon favorable par rapport à un marché concurrentiel. Deux solutions peuvent se présenter.

On se positionne sur un marché à forte concurrence, mais dans ce cas il faut être capable d'attirer un client pour son produit avec un coût plus compétitif, ou proposer de meilleures prestations.

Autre solution, on se positionne sur un produit haut de gamme. Dans ce cas, le prix n'est pas prépondérant, par contre les critères de qualité, voire d'innovation devront être au rendez-vous.

La compétitivité des entreprises françaises est pénalisée par les charges sociales qui pèsent sur les sociétés. Nous avons un système de protection sociale qui est financé par des cotisations sociales élevées et qui porte atteinte à la compétitivité des entreprises.

Les entreprises doivent faire preuve de beaucoup d'efficacité et de créativité pour rester compétitives.

Néanmoins, mis à part les secteurs de production, on rencontre trop souvent une inadéquation entre les ressources humaines et les charges de travail. Certains croulent sous la charge de travail, parce qu'ils sont performants donc sollicités, alors que d'autres sont en roue libre. Ce problème est surtout visible dans les grandes entreprises.

Il y a aussi autre chose de plus néfaste dans la rentabilité de certaines sociétés. J'appellerais cela la fausse ou la mauvaise activité. À ce sujet, j'aimerais faire un petit rappel historique.

À partir des années quatre-vingt, le programme nucléaire s'accélère et va permettre de donner de l'autonomie à la France en matière de production d'électricité.

Cette orientation va nécessiter la mise en place de moyens importants dans l'ingénierie nucléaire. L'installation de centrales en France va passer de 37 % en 1981 à plus de 75 % en 1990. Cette activité va nécessiter des ressources importantes au niveau des bureaux d'études d'ingénierie. L'accident de Tchernobyl et la montée de mouvements anti-nucléaires mettront un frein au développement des centrales nucléaires. Un grand nombre de personnes travaillant dans cette branche seront amenées à retrouver une activité dans un autre secteur industriel. C'est à partir de ce moment que l'on voit apparaître une autre manière de travailler, axée essentiellement sur des procédures lourdes dans le pilotage et le management de gros projets industriels. Procédures qui seront extrapolées à la sécurité et à la sûreté nucléaire. Mon propos n'est pas de dénigrer ce travail, mais il faut des moyens adaptés au juste nécessaire des besoins pour éviter la surcharge d'activité, qui pénalise fortement la performance. La tendance est trop souvent à la non-prise de risque. On veut se protéger, se rassurer, ce qui pénalise souvent la rentabilité du projet.

Autre sujet, que je qualifierais personnellement de mal du siècle des sociétés : la réunionite aigüe.

C'est une maladie moderne qui consiste à convier dans un espace limité un certain nombre de collaborateurs.

Que ce soit au titre de conférence, de debriefing, de brainstorming ou simplement du traitement des sujets du quotidien, on se réunit.

Certains profitent de ce temps pour faire leur courrier électronique en retard, d'autres somnolent et quelques rares individus apportent leur contribution. Ceci est souvent la conséquence d'un management déficient et même quelquefois, d'un manque de compétences.

La nature humaine est faite de telle sorte qu'on privilégie la routine et qu'on ne met en place des schémas de rupture que lorsque l'on se retrouve dos au mur.

BANQUE ET MONNAIE

Si vous voyez un banquier sauter par la fenêtre, n'hésitez pas. Sautez derrière lui ; vous pouvez être sûr qu'il y a quelques profits à prendre.
Voltaire

La monnaie fiduciaire existe depuis l'Antiquité. À cette époque, elle était surtout constituée de métaux précieux, or et argent, pour que la confiance puisse être apportée lors des échanges commerciaux.

Au vingtième siècle, l'étalon des monnaies était l'or. Chaque pièce et billet avait son équivalent or dans les banques.

Depuis 1971, à la demande de Nixon, les monnaies ne sont plus rattachées à aucun métal précieux. La grande différence est que l'or est distribué en quantité limitée alors que la monnaie peut être créée à volonté.

Si un pays achète plus qu'il ne vend, cela déséquilibre sa balance commerciale et on risque alors la dévaluation.

Si l'argent mis en circulation croît trop vite (planche à billets), l'argent perdra de sa valeur car il sera disponible pour un grand nombre de personnes.

Résultat : augmentation des prix = INFLATION

Je voudrais revenir rapidement sur les fondements de la création de la monnaie.

Au milieu du dix-septième siècle, les orfèvres conservaient dans leurs coffres les métaux précieux et objets de valeur que leur confiaient les marchands. Les orfèvres remettaient en échange un certificat de dépôt, qui permettait à son détenteur de récupérer à tout moment son bien, après avoir acquitté des frais de garde.

Ensuite, des certificats de dépôt non nominatifs sont établis au porteur. Ce système permettait de servir de créance en cas de besoin.

Très vite, les orfèvres se sont rendu compte que les dépôts étaient toujours supérieurs aux retraits. Ils se sont donc mis à émettre des certificats en échange d'une reconnaissance de dettes. Ensuite, les orfèvres sont devenus des banquiers.

Le principe de la création monétaire avec réserves fractionnaires était né et avec lui, les monnaies fiduciaires et scripturales.

Les pièces d'or ont été remplacées par les billets (monnaie fiduciaire), et les certificats de dépôts par des unités de compte (monnaie scripturale).

Tout le monde possède un compte en banque. Toute personne en activité, voire en retraite, touche un salaire ou une pension qui sont versés sur un compte. Les chiffres portés sur un décompte sont des unités de compte.

Toutes les banques privées ont un compte à la BCE (Banque centrale européenne). La banque privée est liée à la BCE. Elle peut déposer ou retirer des billets, moyennant une écriture scripturale.

Les banques centrales des pays de l'Europe s'appellent banques centrales nationales. Aux États-Unis, la banque centrale s'appelle la FED.

La Banque centrale européenne (BCE) a été créée en 1998. Elle définit la politique monétaire en zone euro. Elle siège à Stuttgart en Allemagne. Son rôle est de contrôler l'activité des banques centrales nationales, et de fixer les taux d'intérêt pour maintenir une stabilité des prix dans la zone euro.

Dans la zone euro, les échanges en monnaie scripturale représentent plus de 90 % de la monnaie en circulation. La principale source de création monétaire se fait par le crédit. On dit que ce sont les crédits qui font les dépôts. Lorsqu'un particulier souscrit un emprunt à la banque, celle-ci ne prend pas l'argent dans les réserves de la banque, ni dans les comptes d'un autre client. La banque crée de la monnaie sous forme de ligne d'écriture. On a coutume de dire que la banque crée de l'argent ex nihilo (à partir de rien). La banque peut ainsi créer plus de monnaie qu'elle n'en possède. On parle dans ce cas de réserve fractionnaire. La banque commerciale est malgré tout tenue de disposer d'un certain pourcentage de ces encours de crédit. On parle alors de réserves obligatoires, dont le pourcentage est souvent fixé par la banque centrale.

Les fonds propres de la banque sont faibles, voire très faibles, par rapport à l'argent engagé. Les banques ont en général un ratio d'un sur trente. Cela veut dire que pour un euro de fonds propres, elles ont trente euros de crédits répartis pour la consommation ou l'investissement.

Il faut que les banques aient plus de capitaux propres. Ce qui fait la richesse d'une banque, ce sont ses actifs.

Il faudrait une séparation des banques de dépôts et des banques d'investissements. Ce principe fut la règle pendant plus de soixante ans, suite à la crise boursière de 1929 qui s'est propagée dans tout le système bancaire. Mais sous la présidence de Bill Clinton, la loi Glass-Steagall Act a été abrogée. De ce fait, à partir de 1999, les banques ont pu utiliser les dépôts des clients pour investir sur les marchés. Joseph Stiglitz précisera que cette loi a été une des causes de la fragilisation du système bancaire et a conduit les banques à prendre des risques.

Les banques ont donc pris le pouvoir et ont obtenu l'accord d'associer banque de dépôt et banque d'affaires. Le réel problème est qu'en cas de crise liée à des investissements à risque, c'est tout le système bancaire qui s'écroule comme un château de cartes, et c'est le contribuable qui risque d'être mis à contribution. Il faut espérer que la prochaine crise ne fera pas encore plus de dégâts.

À ce sujet, il est bien de rappeler une pratique courante non réglementée, particulièrement opaque et présentant des risques importants. Je veux parler du *Shadow Banking*, en français : finance fantôme.

Pour les profils d'emprunteurs à risque qui ne peuvent pas passer par le système bancaire classique (risque de refus de prêt), la banque peut faire appel au *Shadow Banking*. La banque va sortir de son bilan les créances les plus risquées, les regrouper dans un tronc commun et émettre des titres structurés notés par les agences de notation, qui permettront de définir des taux d'intérêt plus ou moins importants suivant la solvabilité de l'emprunteur. La banque vend ces titres à de nombreux investisseurs (fonds de pension, assurances, fonds spéculatifs…). Tous ces acteurs utilisent des techniques financières risquées, souvent rattachées à des paradis fiscaux.

Au total, environ soixante-quinze mille milliards de dollars sont gérés dans le monde à travers le *Shadow Banking*. Cela représente 120 % du PIB mondial.

Le système devient donc interdépendant de tous ces acteurs financiers qui pèsent sur le système bancaire et créent le risque d'effondrement.

Aux États-Unis, le *SB* représente vingt-trois mille milliards, en Europe vingt-deux mille milliards et au Royaume-Uni neuf mille milliards.

Le *Shadow Banking* est une des causes importantes de la crise. Ce système échappe à tout contrôle. Le risque d'effondrement des banques est d'autant plus important.

Cette finance spéculative fait peur, elle représente un risque de crise encore plus important que la crise de 2007.

Ces dernières années, plusieurs banques se sont fait « épingler ». Des amendes ont été infligées à des banques pour des délits de différents types. On se rend compte qu'un certain nombre de banques trichent, et cela ne rassure pas.

Avant de revenir sur l'origine de cette crise des *subprimes*, il est bon de rappeler le contexte économique de l'époque. Au début des années 2000, l'économie américaine était en berne. Cette situation était due en partie à la décentralisation d'usines dans des pays où la main-d'œuvre est à bas coût. Parallèlement à cela, le dollar s'était déjà fortement affaibli. Le gouvernement de G. W. Bush a alors eu l'idée de subventionner la construction de logements. Compte tenu de la conjoncture, la FED avait déjà baissé les taux d'intérêt, ce qui favorisait l'accession à la propriété des foyers modestes. Évidemment, ces prêts étaient à haut risque, car accordés à des ménages à faibles revenus qui ne pouvaient souscrire un emprunt immobilier classique. Ces prêts hypothécaires étaient gagés sur la valeur du bien immobilier. Le principe était le suivant : plus le bien a de la valeur, plus les taux d'emprunt sont bas et inversement. Tant que les prêts restaient bas et que l'immobilier grimpait régulièrement, tout allait bien. Le problème c'est que les taux d'intérêt ont augmenté et l'immobilier, lui, a commencé à chuter.

Les ménages se sont retrouvés dans l'impossibilité de rembourser les emprunts. Les instituts de crédit n'étaient plus remboursés, entraînant avec eux des banques. La banque Lehmann Brothers était une banque d'affaires, mais bien sûr interdépendante d'autres banques, ce qui a causé les dégâts que l'on connaît.

En juillet 2008, il fallait 1,6 dollar pour obtenir un euro. Avec le soutien des banques internationales, fin 2008 il ne fallait plus que 1,2 dollar pour obtenir un euro. Le redressement du dollar aura causé des dégâts importants, principalement sur les pays déficitaires de l'Europe du Sud. Cet événement sera en partie responsable de la crise économique en Europe.

Certaines banques européennes, ainsi que l'assureur AXA avaient placés de l'argent dans les *subprimes* ; elles se sont retrouvées en mauvaise posture.

Nicolas Sarkozy voulait s'inspirer de ce principe et le mettre en place. À son retour des États-Unis en septembre 2006, il vantait les mérites des prêts hypothécaires.

Pour tenter de réanimer leur économie et de sauver leurs banques, les États injectent massivement des liquidités mais s'endettent, d'autant plus qu'ils ne disposent pas de *cash*. La dette de nombreux pays croît ainsi de façon inquiétante.

Le FMI estime que la crise des *subprimes* aura coûté plus de deux mille milliards de dollars.

Selon le cabinet Mc Kinsey, la dette publique mondiale a augmenté, entre 2007 et 2014, à un rythme de 9,7 % par an. Il est bien évident que la France en subit encore aujourd'hui les conséquences. Elle n'est toujours pas vraiment sortie de cette crise des *subprimes*, tout comme de nombreux pays d'Europe.

De ce fait, des foyers non imposables se sont mis subitement à payer des impôts pour éponger la dette, ou plutôt payer des intérêts. Car bien évidemment, l'État a dû apporter trois cent cinquante milliards d'euros qu'il ne possédait pas.

Suite à la crise de 2008, certaines banques ont perdu jusqu'à 50 % de leurs actifs, et cette crise a généré des millions de chômeurs en Europe.

Lors des crises économiques dans le passé, les plus faibles faisaient faillite, les entreprises disparaissaient et on remettait les compteurs à zéro. Depuis la mondialisation, la concurrence extrême tire les prix vers le bas ainsi que les salaires. La mondialisation, si elle a permis de combler une partie des écarts entre les pays considérés comme riches et les pays émergents, a aussi accentué les inégalités dans les pays plus riches. En d'autres termes, les conditions de vie en Chine, en Inde ou autre pays se sont améliorées. À l'inverse, dans les pays avancés, les écarts se sont creusés entre les riches qui ont le mieux profité, et les autres qui ont vu leurs revenus stagner voire régresser. Les actionnaires ont pu ainsi accumuler plus d'argent compte tenu de la baisse des salaires, des délocalisations et des conséquences du chômage. On assiste, et c'est tout à fait regrettable, à une forte progression des revenus du capital au détriment des revenus du travail. Je dirais qu'on a favorisé le capitalisme financier au détriment du capitalisme industriel.

On s'entend souvent dire : « Les riches sont trop riches ». Le message sous-jacent qu'il faut comprendre est que le système favorise les riches qui deviennent encore plus riches, souvent aux dépens d'une partie de la population, qui semble sacrifiée. Il est clair que les riches se débrouillent mieux car ils vont chercher des placements en dehors de leurs frontières, et ils cernent ainsi mieux les opportunités, fermetures d'usines et autres.

Les banques souhaitent réduire les règlements en monnaie fiduciaire. Déjà, les paiements de plus de mille euros en liquide ne peuvent plus se faire.

La plupart du temps, les raisons évoquées sont toujours les mêmes : lutte contre le blanchiment d'argent, le trafic de drogue et le travail au noir. La finalité est de tendre vers des paiements en monnaie électronique. En supprimant l'utilisation du *cash*, les banques se mettent à l'abri de retraits d'argent qui pourraient être un vecteur d'entraînement de faillite en cas de grosse panique des épargnants.

En cas de gros pépins, la banque peut facilement puiser dans les comptes. Le risque existe aussi pour les personnes qui ont souscrit des assurances-vie. La fin du *cash* est peut-être pour bientôt.

Méfiance donc par rapport à votre banque, votre assurance-vie ou tout autre placement. Il est aujourd'hui difficile de concilier la rentabilité et la sécurité pour des placements d'argent. C'est vrai que le marché des actions est porteur aujourd'hui, mais en partie grâce au *Quantitative Easing*.

C'est une tendance qui semble se généraliser. La société Visa a annoncé vouloir supprimer le paiement en *cash* aux États-Unis. Lorsque l'on paye par carte, un prélèvement de 2 % du montant de la transaction va à la société. Cela représente une rente sans précédent. À partir des versements par carte, il y a forcément une traçabilité des dépenses, qui peut être utilisée pour dresser un profil des individus. C'est une atteinte à notre vie privée à notre insu, un pas vers un système totalitaire. Ce n'est pas de la science-fiction, c'est une triste réalité.

Le Danemark et Israël voulaient supprimer tout argent liquide. Les raisons évoquées sont toujours les mêmes : supprimer la fraude et renforcer la sécurité. Mais la vraie raison est que cette mesure donne aux banques une grande liberté d'action en cas de détérioration de la conjoncture économique. Bien sûr, on ne peut échapper à l'évolution qui consiste à effectuer des paiements avec la technologie du numérique, mais on ne peut pas supprimer l'argent liquide.

Avant les grandes banques, Le Crédit Lyonnais, BNP étaient des banques nationales, maintenant les banques sont contrôlées par Bruxelles.

Avant, la France s'endettait auprès des Français par l'intermédiaire des bons du Trésor. Beaucoup de grands projets ont été financés de cette façon. Maintenant la plupart de notre endettement est financé par des étrangers, mais pour encore combien de temps ?

QUANTITATIVE EASING

Il est appréciable que le peuple de cette nation ne comprenne rien au système bancaire et monétaire, car si tel était le cas, je pense que nous serions confrontés à une révolution dès demain matin.

Henry Ford

La traduction de *Quantitative Easing* est « assouplissement quantitatif » ou « facilité monétaire ». On parle quelquefois, en langage populaire, de planche à billets. Quand l'État manquait d'argent pour financer certains projets, il demandait aux banques nationales d'imprimer des billets en échange de créances sur l'État. L'expression « planche à billets » présente une connotation négative ; c'est pourquoi on préfère l'expression *Quantitative Easing* (QE pour les spécialistes). Mais dans le cas présent, on n'est pas dans l'impression de monnaie papier, on a affaire à de l'argent électronique. Cet argent est créé par les banques centrales pour racheter massivement de la dette publique ou de la dette auprès des banques, des compagnies d'assurances, voire des fonds d'investissements.

D'une façon générale, la banque centrale intervient sur les taux directeurs pour relancer la consommation. Mais bien que les taux de crédits soient très bas, il se peut que la croissance reste en berne, que la consommation ne reparte pas et que les entreprises n'empruntent pas. Nous nous trouvons dans une situation économique où il y a plus de remboursements que d'emprunts. Dans ces conditions, la masse monétaire en circulation devient insuffisante. Autrement dit, on peut manquer d'argent pour faire fonctionner l'économie. Un « tour de passe-passe » consiste à réinjecter de la masse monétaire sans passer par de la dette. Cela s'appelle *Quantitative Easing*. La banque centrale se met donc à créer de l'argent pour acheter de la dette des États. Mais comme la dette est entre les mains des banques, compagnies d'assurances, etc. ce sont ces professionnels de l'investissement qui vont récupérer l'argent. Le problème est qu'il faut écouler cet argent. Comme le marché de l'économie est plutôt fermé, ces investisseurs vont se tourner vers le marché secondaire, ce qui va faire monter les actions.

Le QE n'apporte donc pas d'argent à ceux qui en ont besoin, c'est-à-dire les ménages et les entreprises. L'argent du *Quantitative Easing* ne sert qu'à faire monter le cours des actions, donner encore plus d'argent à ceux qui en ont déjà.

Même si certains journalistes et autres politiques osent dire que la planche à billets, c'est fini, de grâce ne les croyez pas. La BCE pratique le QE depuis janvier 2015, et cette pratique existe depuis bien plus longtemps aux États-Unis et au Japon.

La solution idéale serait que cet argent puisse se retrouver dans l'économie réelle mais malheureusement, cet argent ne circule pas. Il n'y a donc pas de conséquence positive pour l'économie. L'argent alimente en grande partie la spéculation et profite aux actionnaires.

Sous de Gaulle, ont utilisait déjà la planche à billets ; c'était pour financer les grands travaux, les programmes de recherche. Le financement se faisait par l'intermédiaire des bons du Trésor, qui étaient achetés par des Français comme je l'ai expliqué précédemment. Actuellement, la planche à billets (QE) sert à financer et acheter des actions pour faire remonter les cours, et non pour injecter dans l'économie. Ce principe conduit à acheter les actifs existants, cela fait monter artificiellement les prix alors que dans une économie saine, on construirait plus de logements avec les richesses créées.

Les experts qui soutiennent que le QE est indispensable affirment aussi que son effet sur la croissance est presque nul, probablement du fait que les milliards injectés ne finissent pratiquement jamais dans l'économie réelle. Ce système alimente la bulle financière et bénéficie à ceux qui possèdent de l'épargne. C'est bien tout le paradoxe de cette arme monétaire.

La politique du QE ne devrait être utilisée que dans des cas extrêmes pour relancer l'économie, quand il y a une crise de liquidités. Mais aujourd'hui, les banques centrales injectent des sommes considérables, comme cela n'a jamais été fait dans l'Histoire.

Ces interventions, qui devraient être exceptionnelles et non continues, induisent des bulles obligataires. Quand ça éclate, les emprunteurs voient les taux augmenter et les prêteurs accusent des pertes énormes.

On constate aujourd'hui que cette fuite en avant qui consiste à injecter régulièrement des milliards d'euros commence à rencontrer une sérieuse désapprobation chez de nombreux économistes.

LA FRANCE ET L'EUROPE

Le système de monnaie unique, bien loin de rapprocher les peuples, les divise.
Jean-Pierre Chevènement

L'idée d'Europe unie est très ancienne, mais elle a pris tout son sens à l'issue des conflits de 1914 et 1940 ainsi que de la menace communiste. Au départ, c'est l'Europe des Six avec Allemagne, Belgique, France, Italie, Luxembourg et Pays-Bas qui s'est créée. De Gaulle, tout le temps qu'il était au pouvoir, bien qu'acteur favorable au marché commun, s'est opposé à l'entrée de la Grande-Bretagne dans l'Europe. C'est seulement en 1973 que le Danemark, l'Irlande et le Royaume-Uni rejoignent l'Europe. En 1981 c'est au tour de la Grèce, puis de l'Espagne et du Portugal quelques années après.

Un grand nombre de personnes se sont impliquées dans la création de l'Europe. On les appelle les pères fondateurs.

Les États-Unis se sont fortement impliqués dans le mouvement européen. Certains diront que l'Europe est un projet de domination orchestré par les États-Unis. On peut dire qu'il y avait deux écoles de pensée pour l'Europe:

– L'Europe vision de Gaulle, Schuman et Adenauer, qui était une Europe démocratique fondée sur les valeurs de l'église catholique en conservant la souveraineté des États,

– L'Europe vision Jean Monnet, qui voulait substituer aux États nationaux un État fédéral européen, non démocratique mais technocratique.

Jean Monnet a travaillé une bonne partie de sa vie aux États-Unis et a beaucoup inspiré Giscard d'Estaing.

Contrairement à l'idée que pouvait défendre de Gaulle, c'est-à-dire réguler les échanges internationaux avec l'étalon or, un homme va contribuer à donner une orientation lourde de conséquences à l'Europe des Six. En 1968 Raymond Barre, alors vice-président de la commission européenne, propose un système d'aide des États, qui aboutira à une convergence des monnaies. C'était les débuts de la construction de la monnaie européenne. Pour lui, l'union monétaire allait forcément créer l'union européenne. Cette idée sera validée notamment par le Premier ministre du Luxembourg, et cela conduira vers le serpent monétaire. Ce système était censé faire converger les monnaies fortes et faibles vers une parité moyenne. C'est en 1995 qu'on assiste à une convergence monétaire et à l'apparition de la monnaie unique. La cause principale en est la réunification de l'Allemagne, qui avait affaibli le mark.

Aujourd'hui, une grande partie des différends entre pro et antieuropéens se situent sur ce point.

C'est l'État qui produit la monnaie et non la monnaie qui définit les États. À l'époque, les monnaies fortes étaient le mark et le florin, et les monnaies faibles étaient la lire et le franc. Le franc belge était une monnaie intermédiaire.

Le référendum sur le traité de Maastricht a eu lieu le 29 septembre 1992. Le OUI l'emporte de justesse avec seulement 51 %. Ce référendum visait à ratifier le texte du traité préalablement signé par François Mitterrand ainsi que par les onze chefs d'États des autres États membres de la communauté économique européenne.

Mais en 2005, le référendum sur le traité établissant une Constitution pour l'Europe se soldera par un NON à 55 %.

Il s'agissait du troisième référendum après 1972 et 1992 ; mais ce fut un refus, rejoint par celui des Pays-Bas trois jours plus tard.

À la suite de ce refus, les gouvernements préparèrent en 2007 le traité de Lisbonne, qui reprenait les mêmes thèmes et était une copie presque conforme du traité de Maastricht. Nos politiques ont ainsi trahi le peuple français. Le 4 février 2008, Nicolas Sarkozy a eu l'outrecuidance de dire qu'il respectait le vote des Français et qu'il avait ratifié le traité de Lisbonne alors qu'il était conforme à plus de 90 % à Maastricht. Le traité de Lisbonne a donc été signé par Nicolas Sarkozy contre l'avis des Français.

Si ce n'est pas de la trahison, cela y ressemble fortement. Monsieur Giscard d'Estaing a osé déclarer qu'ils avaient fait éclater les éléments un par un. En réalité il n'en fut rien et le texte fut amendé. Merci messieurs !

En Europe, le vieillissement de la population est bien plus important que dans le reste du monde. Le nombre d'actifs est donc pénalisant pour l'économie.

En 1900, l'Europe représentait un quart de la population mondiale. Aujourd'hui elle en représente moins de un dixième. Le nombre d'actifs va devenir fortement pénalisant, à terme, pour l'économie. L'émigration est considérée par certains gouvernements comme une solution. Aujourd'hui, bien que la loi française interdise de recenser les populations par religions, 8 % de la population en France serait de culture musulmane et d'ici 2030, cette population devrait représenter 10 % de la population en France. La question qui se pose est de savoir comment ces populations sauront et voudront s'intégrer à la culture du pays où ils vivront.

En France, deux tiers des Français se reconnaissent comme catholiques et 5 % d'entre eux fréquentent régulièrement une église. Le nombre de lieux de culte pour les catholiques est d'environ quarante mille pour environ trois millions de pratiquants. Le ratio est très différent concernant le nombre de lieux de culte pour les musulmans, qui ne seraient que de deux mille cinq cents pour environ deux millions de pratiquants. C'est une question de société qui n'est pas anodine et dont il faudra se préoccuper dans un proche avenir.

Quoi qu'on en dise, il n'y a pas de peuple européen. La nation européenne n'existe pas, les langues parlées et les cultures des pays sont toutes différentes.

L'Europe des Vingt-Sept compte environ vingt langues parlées officielles, sans compter les dialectes. C'est difficilement gérable.

Construire une Europe avec une immigration en forte hausse, principalement liée aux guerres et autres crises économiques et écologiques, n'est pas chose facile. La France et les autres pays, à l'exception peut-être de l'Allemagne, sont pris dans un carcan d'où il va être très difficile de sortir.

Sous l'angle économique, comment nos politiques ont-ils pu accepter ces directives qui vont à l'encontre de nos intérêts ?

Voyons de plus près :

La Banque centrale européenne n'a aucun compte à rendre, son rôle principal est de lutter contre l'inflation. En effet, l'inflation pénalise fortement les personnes qui ont du *cash* sous forme fiduciaire (a fortiori les riches créanciers).

Qui dit peu d'inflation dit aussi maintien des bas salaires. Il semble que cela soit une politique que les Allemands ont imposée à l'unité européenne. C'est peut-être le spectre de la grande inflation des années vingt (la république de Weimar).

Les États ont interdiction d'emprunter au niveau des banques centrales. Cela les rend dépendants des taux d'intérêt pratiqués par les créanciers et les empêche de créer leur propre monnaie.

Les États ne peuvent pas limiter la circulation des capitaux. Les entreprises peuvent ainsi s'implanter librement dans des États favorables fiscalement.

Nous sommes devenus une province avec une Allemagne dominante qui « donne le la ». Est-il normal que monsieur Mario Dragui, après avoir été vice-président pour l'Europe de la Goldman Sachs, soit l'actuel président de la Banque centrale européenne, ce monsieur qui a truqué les comptes de la Grèce pour la faire rentrer dans l'Union européenne. Cette banque qui est une des plus grandes banques américaines, la seule à ne pas avoir perdu d'argent en anticipant la crise des *subprimes* ? Ils sont vraiment très forts !

Avec le traité de Maastricht, les quatre attributs qui faisaient la souveraineté d'un pays sont mis à mal. La faculté de battre monnaie, de faire les lois, de rendre la justice et de décider de la paix pour son pays ne semble plus possible.

C'est maintenant l'Union européenne qui décide. La BCE n'a pas le droit d'émettre de la monnaie. Elle a le droit d'accorder ces droits aux différents pays de l'UE, mais en échange de devises. Par exemple l'Allemagne, qui exporte beaucoup, récupère en contrepartie des euros de différents pays et se trouve ainsi avec des excédents de monnaie. A contrario, un pays qui exporte très peu se trouve en rareté de monnaie.

Les billets émis par les différents pays sont repérés par une lettre devant le numéro de série. Cela permet de connaître la provenance des billets.

Par exemple, la lettre U est utilisée pour les billets imprimés en France, X pour l'Allemagne, S pour l'Italie, M. pour le Portugal, etc.

D'autre part, les images et les couleurs imprimées sur les billets devaient être imaginaires et ne présenter aucune analogie ou ressemblance avec un pays. Le principe était d'éviter tout rapprochement avec l'idée de nation. L'idée de nation est en train de nous échapper. Nous ne sommes plus maîtres de notre destin, nous sommes muselés et c'est dramatique !

Par ailleurs, on constate que les commissaires européens ont de plus en plus de pouvoir. Vivianne Reding, commissaire européenne luxembourgeoise, a déclaré :

... Il n'y a plus de politique intérieure nationale, il n'y a que des politiques européennes qui sont partagées dans une souveraineté commune...

Les nations doivent obéir à Bruxelles, aux super ministres qui ont pris le pouvoir. L'économie se décide à Bruxelles et nos politiques ont très peu de pouvoir. La question qui vient à l'esprit est : ont-ils encore droit de cité ?

On sait que les décisions qui sont prises à Bruxelles sont dominées par quelque quinze mille lobbyistes qui jouent de leur influence dans les décisions. Les parlementaires ne sont pas experts dans tous les domaines, alors ils sont entourés de « bureaux des lobbies » qui appartiennent souvent à des multinationales qui ont un fort pouvoir sur les décisions qui sont prises. Au départ, cela pouvait sembler une affaire saine et normale. Malheureusement, on est très vite tombé dans des systèmes de collusion qui peuvent aller jusqu'à la corruption.

L'Europe a été fabriquée en partie par les États-Unis et soutenue par des hommes politiques français qui ne rêvaient que d'une Europe fédérale, où l'État nation est remplacé par une nation des États. « La France n'est qu'un petit pays », s'employaient à dire certains politiques. Cela est exact sur l'angle démographique, ça ne l'est plus au regard du poids qu'elle peut encore exercer, tant dans le domaine culturel que dans celui des libertés.

Giscard d'Estaing qui, pour certains, avait comme mentor Jean Monnet, disait lui-même que la France est une puissance qui ne représente que 1 % de la population mondiale.

Nombre de ses prédécesseurs et successeurs voulaient que la France soit intégrée à une Europe fédérale, libérale et conforme aux attentes des Américains.

Et pourtant, les valeurs de la France sont reconnues dans le monde, notamment pour sa diplomatie, les droits qu'elle défend, sa culture et ses richesses.

L'Europe est bien la vraie cause de nos problèmes. Mais il est quasiment impossible de remettre en cause des décisions qui ont été prises par une oligarchie qui n'a que faire de l'avenir des citoyens.

Les grandes sociétés multinationales ont la possibilité de transférer des fonds dans des pays à fiscalité réduite. Et elles ne se privent plus pour délocaliser. Au début on nous expliquait que c'était pour capter des marchés locaux, ce qui semblait tout à fait logique et acceptable.

Maintenant on n'hésite plus à produire dans des pays où la main-d'œuvre est basse et où les conditions de travail sont quelquefois précaires, pour ensuite réimporter en France. Pour moi, non seulement c'est une concurrence déloyale mais c'est aussi sacrifier notre outil de production.

L'Europe impose sa vision, ses dictats. Le rapport publié par la Cour européenne demande de mettre en place les actions suivantes :

– La baisse des impôts sur les sociétés,
– L'augmentation de la TVA,
– La modification du droit du travail,
– Une plus grande facilité de licenciement.

Cela ressemble étrangement aux programmes de certains hommes politiques candidats aux élections présidentielles. Pur hasard, me direz-vous !

Joseph Stiglitz, prix Nobel d'économie en 2001, nous explique pourquoi la machine européenne ne fonctionne pas. L'Allemagne en tête nous montre le chemin de l'austérité, qui serait la recette de la croissance, alors que de nombreux économistes pensent le contraire. C'est une erreur de penser qu'il suffit de faire une monnaie unique et que tout ira mieux. C'est une erreur de raisonnement. L'euro, ça ne marche pas comme ça.

Pourtant, de 1950 à 2001, la France et l'Allemagne connaissent des taux de croissance assez équivalents. Ensuite, le taux de croissance outre-Rhin est devenu bien supérieur et a pris beaucoup d'avance sur les autres pays de l'Europe. Les Allemands ont fait des sacrifices énormes, notamment des restrictions avec baisse des salaires, sans se soucier des autres pays. Elle avait un désir de puissance unique, d'inquiétude par rapport au passé, dans un esprit mercantiliste. Suite aux fortes inflations de 1923 et 1947, l'Allemagne a été traumatisée par ces événements.

Effectivement, l'Allemagne a des excédents mais c'est bien la seule. Il semblerait que cela puisse s'expliquer de plusieurs manières. Suite à la réunification des deux Allemagnes, il y a eu une compression des salaires suite aux lois Hartz. En RDA, le chômage avait atteint cinq millions de personnes et l'endettement avait dépassé les 3 % de PIB.

Les réformes qu'ils ont mises en place après la réunification ont permis de libéraliser le marché du travail. Ils utilisent alors les pays d'Europe centrale comme sous-traitants pour diminuer leurs coûts de fabrication. De même, aux États-Unis, ils utilisent de la main-d'œuvre à bas coût dans certains pays au sud des États-Unis. Néanmoins, l'Allemagne tend à retarder la modernisation de ses infrastructures routières. On dit que les entreprises sont riches, mais que beaucoup de travailleurs sont pauvres.

La question est de savoir s'il faut plus d'Europe ou moins d'Europe. L'Europe ne peut pas continuer dans l'état actuel. Pour certains, l'euro est à la limite de l'effondrement.

Si on se réfère à ce que j'ai appelé les indicateurs fondamentaux de l'économie, à savoir le taux le chômage, le déficit de l'État, la croissance et la balance commerciale, force est de constater que le bilan de nos deux anciens présidents de la République a été fortement négatif. Pourtant, ces messieurs osent proposer des conférences rémunérées, je dirais même fortement rémunérées. Finalement c'est peut-être pour expliquer ce qu'il ne faut pas faire !....

Il ne m'a pas été facile de fiabiliser les chiffres qui suivent car les valeurs que j'ai pu relever variaient assez fortement suivant les sources. De plus, les éléments que l'on trouve sont presque toujours exprimés en pourcentage et jamais en valeur absolue. Si cela facilite la lecture, cela ne facilite pas l'exactitude. Après plusieurs recoupements, j'arrive aux résultats suivants :

– Quinquennat Sarkozy : + 800 000 chômeurs et 120 milliards de déficit par an en moyenne, soit 600 milliards d'euros sur cinq ans. La crise économique n'explique pas tout, puisque le « sauvetage » des banques a coûté 360 milliards à la France.

– Quinquennat Hollande : + 600 000 chômeurs et 70 milliards de déficit par an en moyenne, soit 350 milliards d'euros sur cinq ans.

Nous sommes passés de 2 100 000 chômeurs en mai 2007 à plus de 3 500 000 chômeurs fin 2016, sachant que le vrai chiffre de demandeurs d'emploi est plus proche des 6 000 000 si on prend en compte l'ensemble des catégories. Ce qui ramènerait le taux de chômage à près de 20 %. Ces chiffres sont pour le moins assez différents de ce que l'on nous annonce, n'est-ce pas ?....

Sur cette même période, la croissance et la balance commerciale ne font que confirmer ce bien triste bilan sans appel. Durant le quinquennat de Nicolas Sarkozy, la balance commerciale accuse un déficit de deux cent soixante-dix milliards et de près de trois cents milliards durant le quinquennat de François Hollande. Quant à la croissance moyenne, pour chaque quinquennat elle a été inférieure à 1 %.

Un pays qui ne sait pas donner de travail à ses citoyens est un pays en déclin, mais de plus ce sont des situations qui ne sont pas tenables longtemps.

À juste titre, la colère monte chez nos citoyens et commence à se faire entendre, colère qui est relayée par de nombreux réseaux sociaux.

La classe politique tente de s'appuyer sur les médias, mais la question est de savoir pendant combien de temps elle sera suivie.

Revenons à l'Europe ; aujourd'hui il y a les pro-européens (une majorité) et les eurosceptiques. Essayons de regarder les deux aspects.

Les pro-européens sont fortement majoritaires ; on ne les compte plus au sein du gouvernement.

Ce sont toujours les mêmes arguments qui reviennent systématiquement, à savoir :

La construction de l'Europe s'est faite après les grands conflits avec l'Allemagne. Le but était de construire la paix entre les différents pays d'Europe. Cet argument a été particulièrement bien perçu par les Français, qui ont de tristes souvenirs de la deuxième guerre mondiale.

Autre argument mis en avant, l'impact économique d'une Europe unie face à des puissances montantes comme l'Inde ou la Chine. La compétition est mondiale, le monde asiatique est en passe de devenir la plus grande puissance économique.

L'Europe de Maastricht promettait plus de paix, moins de chômage, plus de prospérité, de sécurité et de démocratie. Les promesses ne sont pas tenues et leur peuple commence à en avoir conscience.

Les eurosceptiques critiquent les arguments des pro-européens de la façon suivante : si la France et l'Allemagne ne sont pas entrées en guerre, c'est probablement à cause de la politique de défense nucléaire mise en place par de Gaulle : pour être respecté, il faut faire peur.

Aujourd'hui, les armes du vingt-et-unième siècle sont les médias, les campagnes de propagande, la désinformation et aussi les attentats. Les vrais problèmes que nous allons avoir à gérer viendront des pays pauvres à démographie élevée, pays qui sont généralement soumis à la dictature, aux crises humanitaires et économiques.

Les disparités économiques, démographiques et sociologiques entre les pays du sud de la Méditerranée et l'Europe font partie des plus gros risques de conflits à venir. Le défaut des pro-européens est de refuser de voir les défauts liés à l'UE. La plupart du temps, les médias ont tendance à diaboliser les eurosceptiques en montrant des points communs avec des mouvements soit d'extrême droite soit d'extrême gauche.

Aujourd'hui, la droite et la gauche défendent un projet commun sur une Europe libérale de libre-échange, dont certains ne veulent plus. Les gens sont inquiets face à une Europe qui les inquiète.

Nos politiques économiques, sociales, diplomatiques et militaires sont dictées par l'Union européenne. La France est liée au reste du monde par des milliers de traités. Il peut être plus facile de renouer des liens avec l'ensemble des pays en ayant une plus grande indépendance.

En matière de défense, il y a un vrai problème au niveau de l'Europe. En effet les moyens militaires les plus importants en Europe étaient essentiellement détenus par le Royaume-Uni et la France. À un moindre niveau on trouve l'Allemagne, bien que celle-ci ait fortement augmenté son budget Défense depuis quelque temps. Mais aujourd'hui, la construction d'une Europe militaire sans le Royaume-Uni n'a pas de sens.

Autre sujet, alors que le franc a complétement disparu de la circulation monétaire le mark, lui, est toujours en circulation. On peut encore échanger des marks contre des euros à la Banque fédérale allemande, qui les détruit systématiquement. On peut également faire des paiements en marks, y compris sur internet. Il y aurait plus de douze milliards de marks allemands en circulation.

Pour certains, la mort de l'euro pourrait arriver d'ici un à deux ans. A contrario, Monsieur Hollande a osé prononcer à Rome les propos suivants :

On demande aux opposants à l'euro de donner leurs arguments. Mais comme ils n'en ont pas, ils ne diront rien.

Cela s'appelle faire les questions et les réponses. Il est clair que suivant la manière de poser la question, la réponse peut facilement être orientée. Demandez aux citoyens s'ils veulent conserver l'Europe, la réponse sera probablement OUI à l'unanimité. Par contre, si on demande aux citoyens s'ils veulent payer pour les pays en crise dans l'Europe, la réponse risque d'être quelque peu différente.

L'Allemagne s'en sort et les autres ne se redressent pas. La monnaie européenne est un mauvais compromis. Cette monnaie a été montée trop rapidement, à partir d'un mark fort et de monnaies faibles comme la lire, le franc et la peseta. Ce principe a favorisé l'Allemagne, qui dégage des excédents commerciaux énormes alors que les autres pays cumulent chaque année des déficits commerciaux très importants. C'est malsain, cela risque de faire baisser les salaires dans les autres pays. L'Europe ne peut pas fonctionner suivant le modèle allemand. On ne peut pas aligner tout le monde sur celui qui court plus vite que tous les autres.

L'Allemagne a une position de puissance centralisée de l'Europe. C'est le Bundestag (parlement allemand) qui décide et on doit s'y plier. On peut se demander s'il reste encore un peu de souveraineté en France. L'Allemagne a perdu les guerres du vingtième siècle, mais ne serait-elle pas en passe de dominer et de construire à sa main l'Europe qui lui sied ? Le risque ultime pourrait être que l'Allemagne étende son réseau de sous-traitance mais cette fois avec les pays d'Europe du Sud. Ceci nécessiterait pour ces pays de s'aligner sur des taux horaires excessivement bas. Une façon d'amener à l'asphyxie des pays déjà au bord du chaos.

Le ressenti pour de nombreuses personnes est que l'Europe des nations c'est un peu le chacun pour soi, même si les médias ont tendance à véhiculer un autre message.

Un grand nombre de personnes sont inquiètes de la mondialisation, à juste titre. Les populations qui se situent dans les bassins à forte activité industrielle, comme les Hauts-de-France et la région toulousaine se retrouvent en compétition avec des pays de la zone Europe, où les écarts de salaire sont dans des rapports de 1 à 5. Dans ces conditions, comment lutter, même si la productivité est plus forte dans les pays industriels fortement développés ?

Pour lutter contre l'endettement, l'Union européenne a demandé aux États membres de tenir une politique stricte en respectant notamment les points suivants :

– Maintenir un déficit maximum de 3 % du PIB,

– Limiter le montant de la dette à 60 % du PIB.

Le premier item semble tenable, à condition que les États concernés mettent en place des plans d'action. Je pense très sincèrement que l'UE sera très exigeante pour faire respecter ce point. D'autant plus que la cible d'endettement de 60 % est irréaliste, y compris avec un échéancier très étalé. En effet, il faudrait des sacrifices épouvantables pendant plusieurs décennies pour respecter cet objectif, sachant que pour lutter contre cet endettement, il y a peu de leviers à disposition :

– Augmenter les recettes, c'est-à-dire les impôts et taxes diverses,

– Réduire le montant des dépenses, et notamment celles de l'État (en incluant les dépenses excessives de certains élus),

– Réduire la masse salariale des fonctionnaires, réduire les investissements, baisser les retraites, les prestations sociales, réduire le budget de l'armée, etc.

Un grand nombre de ces éléments signalés ne sont pas vraiment réalistes, je vous l'accorde. Cela demanderait des efforts considérables aux Français, au point de tuer le peu de croissance que nous avons. Une autre solution pourrait être de laisser filer l'inflation mais cela, il ne faut pas en parler !

Un grand nombre de citoyens sont favorables à l'Europe, mais le problème c'est qu'un grand nombre de citoyens ne veulent pas de cette Europe-là. Pour que l'Europe des nations puisse bien fonctionner, il faut qu'elle puisse représenter une entité de poids, notamment par rapport à des puissances comme les États-Unis et la Chine. Pour cela, un certain nombre de conditions devront être réunies. Cette Europe devra représenter une véritable force militaire et diplomatique, unie et reconnue par tous. Il faudra également qu'elle puisse exprimer son savoir, son génie sur le plan scientifique, et aussi son indépendance culturelle.

La route sera longue, semée d'embûches mais possible. Messieurs les politiques et dirigeants de ces pays, il faut revoir votre copie afin d'obtenir l'adhésion des citoyens et de proposer une Europe pour tous.

DÉLOCALISATION ET EMPLOI PRÉCAIRE

Les économistes sont présentement au volant de notre société, alors qu'ils devraient être assis sur la banquette arrière.
John Maynard Keynes

Louis Schweitzer a été visionnaire en lançant en 2004 la première voiture bon marché : la Logan. Je me souviens aussi des propos qu'il tenait en précisant que ce véhicule ne serait pas réimporté en Europe occidentale. Qu'en est-il aujourd'hui ?

Pour le marché européen, la plupart des Dacia sont fabriquées en Roumanie, tandis que d'autres sont fabriquées au Maroc. Ces véhicules sont donc réimportés en France et dans d'autres pays d'Europe pour y être vendus.

Tout le monde peut changer d'avis. Mais cette situation tend à s'amplifier, sachant que le développement et les études sont réalisés dans des pays où la main-d'œuvre est bon marché. Cette politique industrielle tend à se généraliser dans d'autres secteurs de l'industrie.

Il est difficile, pour ne pas dire impossible, de recenser le nombre de délocalisations en France car les entreprises ne sont pas tenues de communiquer sur ce sujet.

Ce qui apparaît certain c'est que le nombre d'emplois supprimés dans l'industrie serait de l'ordre de deux millions en vingt ans.

Le principe de la mondialisation est de supprimer toute entrave à la circulation des marchandises et des capitaux, point que l'on retrouve dans le traité de Lisbonne.

Cette politique facilite les délocalisations, le chantage à l'emploi, et favorise les profits des grandes multinationales. Cette façon d'agir nous amène à la désindustrialisation et par effet domino, au déclin de certains pays occidentaux. Dans cet univers de mise en concurrence déloyale non contrôlée, le salarié est dos au mur. Le phénomène touchait au départ l'industrie et notamment les secteurs de la fabrication, mais aujourd'hui cette politique s'étend à de nombreux secteurs. Les études, la recherche et même les secteurs tertiaires ne sont pas épargnés.

Cette politique de recherche de coût de main-d'œuvre à bon marché n'incite malheureusement pas les sociétés à investir dans l'Hexagone pour être plus performantes. Trop de grandes sociétés ont tendance à opter pour la solution « de facilité » : rechercher de la main-d'œuvre à bas coût ; et c'est probablement le point le plus inquiétant.

Je ne parle pas ici des entreprises qui s'installent à l'étranger pour conquérir de nouveaux marchés. Il est en effet assez logique de produire dans le pays où l'on cherche à vendre. Non, le problème est bien de délocaliser dans des pays du Maghreb, en Chine ou ailleurs et ensuite de réimporter en Europe.

L'Allemagne est un des pays au monde qui a le plus d'excédents commerciaux. Depuis la réunification de l'Allemagne, celle-ci a des frontières communes avec des pays à bas coûts de main-d'œuvre, qu'elle utilise comme sous-traitants. La Pologne, la Slovaquie, la Tchéquie sont des pays fortement industrialisés avec des salaires deux à trois fois moins élevés. Les usines, en Allemagne, ne sont en général que des entités d'assemblage final, mais cela leur permet quand même d'afficher le label : *Made in Germany*.

Le peuple allemand est excessivement discipliné, obéissant, acceptant jusqu'aux régressions sociales. Cela n'explique pas tout mais les chiffres sont là. Les Allemands achètent presque exclusivement des voitures allemandes, à la différence des Français qui achètent des voitures françaises mais aussi étrangères et surtout, allemandes. Ceci est valable pour grand nombre de produits. L'image de la qualité y est bien sûr pour quelque chose, mais cela fait des dégâts dans notre économie, et surtout pénalise la balance commerciale.

Le Financial Times disait : *L'Union européenne encourage les patrons de grandes multinationales à déménager leurs usines en Europe de l'Est, moyennant des dédommagements conséquents.* C'est tout simplement l'application du traité de Lisbonne.

Le coût du travail est trop élevé en France par rapport aux autres pays de l'Europe. C'est vrai mais le problème se situe essentiellement au niveau des charges. La solution n'est pas dans l'intégration des quelque deux cent quatre-vingt mille travailleurs détachés, déclarés à l'étranger mais qui travaillent pour la France. C'est tout simplement de la concurrence déloyale qui ne peut satisfaire que les actionnaires.

Mais bien que les normes et réglementations en vigueur soient moins contraignantes dans ces pays, ces délocalisations engendrent des coûts plus élevés de transport avec des effets néfastes sur les émissions de GES.

C'est vrai que nous avons un problème de croissance en France. On perd environ 1 % de croissance tous les dix ans. Casser le coût du travail en utilisant de la main-d'œuvre roumaine ou autre, payée à des tarifs très bas, ce n'est pas la solution. Des tarifs horaires environ 30 % moins cher, des journées de travail de dix heures et plus, des employés souvent logés dans des conditions très vétustes, c'est une exploitation des individus et une concurrence totalement déloyale.

Les licenciements n'ont jamais été aussi importants que depuis que « l'Europe dirige les opérations ».

En 1994, près de 60 % des licenciements étaient consécutifs à des problèmes économiques. Depuis 2004, seulement 24 % des licenciements le sont. Maintenant, les licenciements pour insuffisance professionnelle ou inaptitude se sont multipliés.

Que l'industrie française fasse appel à de la sous-traitance à des coûts réduits, c'est compréhensible et inévitable. Par contre, continuer à délocaliser et à réimporter une partie des produits est totalement aberrant, et en plus cela tue notre tissu industriel français. Force est de constater que la France continue de se désindustrialiser. Quand on fait le bilan des entrants et des sortants, le constat est très défavorable. La France perd environ six cents emplois industriels par jour. Dans l'Europe du Sud, la situation est inquiétante. Les jeunes Portugais diplômés quittent leur pays pour s'installer au Brésil notamment, voire en Europe.

En Grèce, 65 % des moins de vingt-cinq ans sont sans travail. La situation est catastrophique en Espagne. Les Allemands payent des jeunes diplômés à des salaires excessivement bas. L'Europe ne tient pas les engagements qui avaient été annoncés !

Alors que faut-il faire ?

En France, nous avons un problème évident de croissance. Il faut réduire les charges des entreprises, sans oublier les PME. Pour cela, il faut réduire les dépenses de l'État au sens de Maastricht. Accroître les performances des entreprises, en les encourageant à améliorer leur flexibilité et à réaliser des investissements opportuns. Insister sur le côté innovant. Comment être meilleur que son concurrent ? Tout simplement en ayant un coup d'avance sur lui.

Aller chercher de la sous-traitance à coûts réduit pour réaliser des sous-ensembles n'est pas à exclure, mais cela doit se faire dans des cas bien ciblés, en conservant la maîtrise et le contrôle des éléments à produire.

Il ne faut pas oublier que les taux horaires attractifs d'un pays ne le seront plus demain, alors le problème se reposera à nouveau.

ENVIRONNEMENT

L'erreur ne devient pas vérité parce qu'elle se propage et se multiplie ; la vérité ne devient pas erreur parce que nul ne la voit.
Mahatma Gandhi

Comme nous l'avons vu dans un chapitre précédent, dans les années soixante, le président de la République Charles de Gaulle prit une décision stratégique d'indépendance pour la France en permettant l'accès au nucléaire. Après la deuxième guerre mondiale, en 1945, de Gaulle créa le Commissariat à l'énergie atomique pour effectuer des recherches sur l'énergie nucléaire. C'est une décision qui fait partie des grands choix stratégiques et technologiques de la Cinquième République. Regardons de plus près les conséquences que cela a pu engendrer.

Sur le plan militaire, cela a permis à la France d'asseoir sa souveraineté et de montrer que nous étions un grand pays capable de se défendre. Nous sommes aujourd'hui la troisième force nucléaire dans le monde, derrière les États-Unis et la Russie.

Le président de la République François Hollande a précisé que la France disposait de trois cents têtes nucléaires. C'est une énorme force qui incite au respect.

Par ailleurs la France a été signataire du traité de non-prolifération nucléaire (TNP) en 1968, qui a été signé par la majorité des pays. Seuls l'Inde, le Pakistan et Israël n'étaient pas signataires. La Corée du Nord, quant à elle, s'était retirée du TNP en 2003.

Selon l'Organisation des Nations unies, il y aurait cinq puissances reconnues possédant des armes nucléaires : la Chine, Les États-Unis, la Russie, la France et le Royaume-Uni. Mais d'autres pays possèdent l'arme nucléaire, même s'ils ne l'ont pas admis : Israël, le Pakistan, l'Inde et la Corée du Nord.

Sur le plan civil, cette position a permis à la France d'avoir une autonomie en termes énergétiques, moins de dépendance vis-à-vis d'autres sources énergétiques d'origine fossile pour produire de l'électricité. La France, derrière les États-Unis, est le pays où il y a le plus de centrales nucléaires, qui sont au nombre de dix-neuf pour cinquante-huit réacteurs. En Europe, le Royaume-Uni dispose de quinze réacteurs, et seulement huit réacteurs en Allemagne. Cela peut expliquer pourquoi la France est la cible d'autant de critiques vis-à-vis de cette technologie.

La France a aujourd'hui le prix de l'électricité le plus bas des pays de d'Europe. Beaucoup de pays nous envient cette technologie parfaitement maîtrisée et exemplaire, qui est la moins chère des pays d'Europe.

Le Kazakhstan est le premier producteur au monde d'uranium devant le Canada et le Niger. La France, qui a besoin d'environ huit mille tonnes d'uranium par an, en achète la plus grande partie au Niger.

Le coût du combustible représente environ 5 % du prix du kilowattheure à la sortie des centrales nucléaires. En France, la production d'électricité d'origine nucléaire est de l'ordre de 76 %. L'énergie hydraulique complète la production avec environ 12 %, associée à une technologie de stockage qui nous est propre. Nous avons donc en France très peu de centrales thermiques à flamme (gaz, charbon ou fioul). Il faut savoir que les gaz rejetés de nos centrales nucléaires, en l'occurrence des aéroréfrigérants (ces grandes tours en béton qui rejettent d'épaisses fumées blanches), ne sont que de la vapeur d'eau. L'incidence sur l'environnement n'a rien à voir avec les rejets d'une centrale thermique.

A contrario, des pays comme l'Allemagne, le Royaume-Uni ou la Pologne sont majoritairement équipés de centrales thermiques, souvent au charbon, ce qui représente un taux de pollution plus élevé.

La France est classée plus grand exportateur d'électricité. L'Allemagne, suite à sa politique de réduction progressive du nucléaire, essaie de favoriser les énergies renouvelables : éolien et photovoltaïque. Malheureusement, ces technologies ne permettent pas de garantir une puissance de production constante. Néanmoins en Allemagne, fin 2016, la production d'électricité d'origine fossile était de 54 %, le nucléaire de 13 % et le reste pour les énergies dites renouvelables.

Les pays les plus grands émetteurs de CO^2 sont en tonnage annuel : la Chine, les États-Unis. L'Allemagne est classée au sixième rang alors que la France, compte tenu de sa politique énergétique, se trouve en vingtième position.

Si, par contre, on ramène ces valeurs à des émissions par habitant, on trouve dans cet ordre les États-Unis, le Canada et ensuite l'Allemagne.

La Commission européenne condamne les émissions de CO^2 et veut les réduire de 20 % en favorisant les énergies renouvelables. Entre 1990 et 2012, les pays d'Europe ont réduit leurs émissions de CO^2 excepté l'Espagne, la Grèce et les Pays-Bas. À l'issue du discours de clôture de la COP 21 qui s'est tenue à Paris en décembre 2015, il a été décidé de limiter à 1,5° Celsius l'augmentation de la température de la planète à l'horizon 2100. Je ne sais pas si cet objectif est atteignable ou pas, mais pour ma part je pense qu'il aurait été plus intéressant d'attribuer des objectifs à chacun, suivis de plan d'actions à construire. Il est en effet bien difficile de motiver les pays avec des objectifs aussi génériques.

Compte tenu de sa politique énergétique, on constate que la France est parmi les pays d'Europe les mieux placés, que ce soit au niveau du prix du kilowattheure d'électricité ou bien au niveau des émissions de CO^2.

Concernant le réchauffement climatique, il est incontestable que la température des continents et des océans a monté d'une façon significative depuis 1975. Bien que les relevés de température aient été beaucoup moins nombreux dans la période 1850 à 1975, force est de constater que l'évolution des températures a été faible.

L'expression « effet de serre » s'est étendue pour expliquer le réchauffement climatique, tant décrié par certains. Le phénomène est dû au blocage du rayonnement thermique à la surface de la Terre. Les principaux facteurs responsables sont, par ordre de grandeur, la vapeur d'eau, le CO^2 et à une moindre échelle, le méthane et l'ozone. Selon les scientifiques, il y a aujourd'hui des écarts importants sur les facteurs responsables d'émissions de gaz à effet de serre. C'est regrettable mais c'est ainsi. Les valeurs varient dans les proportions suivantes : la vapeur d'eau serait responsable pour 60 à 90 %, et le CO^2 à hauteur de 10 à 30 %. Une chose est certaine, c'est la vapeur d'eau qui est le plus gros contributeur d'émission de GES. Ce n'est pas dit très fort par nos dirigeants et les médias, mais c'est ainsi.

L'effet de serre n'est pas nocif en soi ; sans lui, la température à la surface de la Terre serait inférieure d'au moins 30 °, et la vie serait très différente.

Il faut bien avoir conscience que l'énergie mécanique dont nous avons besoin pour nous déplacer, que ce soit en voiture, en autobus, en train, en avion ou par tout autre moyen, engendre forcément une production de chaleur, donc contribue à l'émission de GES.

L'énergie mécanique produite par les centrales qui produisent l'électricité, qu'elles soient au fioul, au charbon, au gaz ou nucléaires, produisent inévitablement un dégagement de chaleur qui est nécessaire pour pouvoir faire tourner les turbo-alternateurs, qui produiront eux-mêmes l'électricité. Cette chaleur, nécessaire à l'alimentation des machines productrices d'électricité, va produire en quelque sorte des excédents, qui contribueront à créer de l'effet de serre. Dès qu'une technologie produit de la chaleur pour créer de l'électricité, il y a forcément émission de gaz à effet de serre. Prétendre le contraire est un mensonge absolu. Les seules sources d'énergie qui ne sont pas émettrices de gaz à effet de serre sont : l'énergie hydraulique, l'énergie éolienne et l'énergie des marées. L'énergie solaire qui est utilisée dans les centrales solaires photovoltaïques utilise l'énergie solaire pour produire le courant électrique. Les inconvénients majeurs de cette technologie sont le rendement faible par rapport aux surfaces nécessaires pour installer les panneaux ; par ailleurs, la production d'électricité ne peut se faire que de jour. Les médias ont tendance à faire un amalgame entre énergie en général d'origine fossile et les émissions de gaz à effet de serre. Il faudra bien évidemment, à l'avenir, limiter l'utilisation des sources d'énergie fossiles comme le charbon, le gaz et le pétrole. Cependant il faut avoir conscience que la production d'électricité, à quelques exceptions près, continuera encore longtemps à produire de la chaleur, donc du gaz à effet de serre.

Ce principe est à la base de tous nos besoins quotidiens. Toute production d'énergie mécanique dont nous avons besoin aura tendance à augmenter l'effet de serre puisque cette énergie électrique est générée à partir de production de chaleur, qui est en général de l'eau chaude ou de la vapeur. Par contre il faut impérativement développer les technologies de récupération d'énergie. Ces techniques nécessitent de mettre en place des équipements qui augmenteront le coût de l'investissement, mais qui réduiront de manière importante la facture énergétique, et de facto les émissions de chaleur. Suite aux différents projets que j'ai pu conduire dans ma carrière professionnelle, on a pu réaliser des gains allant jusqu'à 50 % sur les consommations d'énergie dans certaines usines. Ces techniques, maintenant éprouvées, permettent de réduire de façon considérable les températures de sortie aux cheminées, donc de limiter l'effet de serre.

Mais revenons au réchauffement climatique. Le climat de la Terre peut varier en fonction de l'énergie solaire reçue, de l'effet de serre, ainsi que des échanges thermodynamiques entre atmosphère et océans. L'énergie solaire transmise à la Terre varie au cours du temps. Il est probable que c'est bien ce point-là qui pourrait expliquer les changements climatiques, et non l'émission de CO^2, en pointant du doigt l'homme comme responsable.

La Terre alterne des périodes glaciaires et des périodes interglaciaires. Cette découverte a été réalisée par le savant serbe Milankovitch. Cette théorie a été confirmée et consolidée lors de forages glaciaires. L'explication repose sur la variation de trois paramètres orbitaux de la Terre. L'excentricité de la trajectoire de la Terre évolue tous les cent mille ans, entre un cercle presque parfait et une ellipse. La Terre se retrouve ainsi plus ou moins proche du soleil. L'inclinaison ou obliquité de la Terre varie tous les quarante-et-un mille ans. L'axe de rotation de la Terre décrit un cercle tous les vingt-trois mille ans, appelé précession. Suivant la combinaison de ces trois paramètres, on pourra avoir des périodes glaciaires environ tous les cent mille ans et des cycles plus chauds tous les dix mille ans.

Cette théorie permet d'expliquer les grands changements climatiques qui se sont produits depuis deux millions d'années sur notre planète. La Terre, dont l'origine remonte à 4,5 milliards d'années, a subi dans son existence de nombreuses variations climatiques. Il y a même eu des périodes où le CO^2 était plus important qu'à notre époque.

On répète à qui veut l'entendre que le dérèglement climatique est dû aux émissions de CO^2, donc que les hommes sont responsables du changement du climat. Pour ma part, je suis surpris que certains « spécialistes », ou des personnes qui prétendent l'être puissent tirer des conclusions aussi hâtives. Le terme « dérèglement climatique » me dérange. Dire que les hommes font changer le climat, cela n'a pas de sens à l'échelle géologique.

Un savant suédois du nom de Svante Arrhenius s'était posé la question de savoir si le développement industriel allait avoir des conséquences sur notre atmosphère et notamment sur le climat. Un grand nombre d'experts du GIEC, convaincus de la théorie du savant, se sont engouffrés dans cette thèse.

Dans un premier temps ils ont présenté, lors du protocole de Kyoto, les facteurs liés au réchauffement en négligeant l'influence de la vapeur d'eau et en se focalisant sur le CO^2, grand responsable du GES.

Lors de la colonisation du sud-ouest du Groenland, les Vikings faisaient de l'élevage avant que les masses glacées du nord viennent immerger de glace cette région.

Bien que les émissions de CO^2 positionnent la France à une bonne place, il semble bien que le nouveau gouvernement, en la présence de monsieur Hulot, ministre de la Transition énergétique, veuille frapper très fort. Il veut en effet mettre fin à la vente des moteurs thermiques (essence et diesel) à l'horizon 2040. Sans oublier l'arrêt des centrales à charbon et la fin des permis d'exploiter les hydrocarbures en France. Pourquoi ce monsieur n'est-il pas allé vendre toutes ces idées à Bruxelles ? Je pense qu'il veut marquer de son emprunte son passage à l'Élysée par des mesures radicales. À une époque où la compétition est devenue mondiale, ces contraintes risquent de nous mettre hors course dans un certain nombre de domaines tels que l'industrie automobile et la production d'énergie. Évitons de prendre des décisions qui ne peuvent satisfaire que des écologistes irresponsables.

Le respect de l'environnement est une nécessité, mais des décisions qui touchent des sujets stratégiques comme la production d'énergie doivent être traités de façon démocratique et non par un « monarque », bien que celui-ci ait pu être élu par le biais du suffrage universel. La priorité, c'est bien évidemment de retirer de la circulation les véhicules équipés d'anciens moteurs polluants avant de prendre des décisions à l'emporte-pièce qui risquent de pénaliser tout un secteur de l'industrie.

Aujourd'hui, on constate deux tendances fortes et opposées. La position de certains gros industriels, qui nient le réchauffement climatique et qui n'hésitent pas à financer le lobby climatosceptique. Le pétrolier ExxonMobil, après avoir financé pendant trente années le lobby climatosceptique, a promis d'arrêter le financement avant de lâcher un gros chèque de près deux millions de dollars à un lobby américain. À l'inverse le GIEC, une structure hybride de politiques, de scientifiques et d'écologistes, dressent un bilan alarmiste de la situation.

Le problème est que chacun reste campé sur ses positions et refuse de recevoir les arguments de l'autre. On est dans l'obscurantisme, mais aussi dans la défense des intérêts de chacun.

Pourquoi nous parle-t-on autant de réchauffement climatique, d'émission de CO^2, et pourquoi ne nous parle-t-on que rarement de la déforestation massive dans certaines régions, de la pollution des sols, des rivières et des océans, sans oublier la pollution atmosphérique de certaines grandes villes ?

Concernant la déforestation, le Brésil et l'Indonésie ont été les pays les plus touchés. Bien que depuis plusieurs années la déforestation se soit ralentie, la situation reste préoccupante. Quand on sait que la végétation terrestre absorbe cent vingt milliards de tonnes de CO^2 lors de la photosynthèse, cela fait réfléchir. C'est le poumon de la planète qui s'en trouve altéré. Cette destruction a donc un impact sur l'augmentation du GES dont on ne parle quasiment jamais.

« Il faut favoriser les énergies renouvelables », prônent les experts du GIEC. Voyons donc de plus près les solutions dont on dispose.

L'énergie du vent : une éolienne peut produire une puissance de deux à trois mégawatts d'électricité alors qu'un réacteur de centrale nucléaire produit une puissance moyenne de mille mégawatts.

Une éolienne produit de l'électricité de façon aléatoire ; tantôt pas assez de vent, tantôt trop de vent. Cette technologie complique énormément la gestion de la production. De plus, l'arrêt prolongé des éoliennes en cas de manque de vent risque de les endommager, faisant apparaître des phénomènes de balourd, avec des risques de casse de matériel. Il est donc fréquent de les alimenter en courant électrique pour les faire tourner de temps en temps, quand il n'y a pas de vent.

Si nous prenons en compte ces considérations, il faudrait environ mille éoliennes pour avoir l'équivalent de production d'un réacteur d'une centrale nucléaire. Cette technologie reste pour l'instant marginale, même si l'on voit pousser de plus en plus, le long de nos routes, ces mâts disgracieux équipés d'hélices. Je passe rapidement sur l'aspect destruction de nos campagnes et villages. Mais que dire également des infrasons qui perturbent l'environnement, sachant que les éoliennes peuvent être installées en France à cinq cents mètres des habitations ?

Autre source d'énergie propre : l'énergie solaire. C'est une énergie propre et quasiment inépuisable, tout au moins de jour. Mais les panneaux solaires ne peuvent être qu'une énergie d'appoint. Les puissances mises en jeu sont malgré tout limitées et les superficies nécessaires à la mise en place des panneaux sont considérables.

Revenons maintenant sur un sujet délicat : voyons comment la mise en place de centrales nucléaires pour la production d'électricité a créé un phénomène d'excédent de fioul (gazole).

À partir des années soixante-dix, le programme de construction de réacteurs nucléaires s'intensifie. Dans les années quatre-vingt, le chauffage électrique se développe au détriment du fioul. Par ailleurs, on commence à arrêter progressivement les neuf centrales thermiques fioul-vapeur qui sont encore en service. On se retrouve alors avec un excédent de production de fioul. L'explication est simple ; quand on procède au raffinage du pétrole, la répartition est sensiblement comme suit : 25 % d'essence, 35 % de gazole et 40 % de bitumes et fuels lourds.

Par ailleurs, le raffinage du gazole coûte plus cher que celui de l'essence. C'est bien les taxes et uniquement les taxes qui font que le gazole est moins cher à la pompe, ce qui est totalement illogique.

Donc pour permettre d'écouler les stocks en trop, les pouvoirs publics ont décidé de détaxer cette source d'énergie pour la rendre plus attractive que l'essence. Les constructeurs automobiles se sont engouffrés dans cette brèche et se sont mis à développer des moteurs diesel pour les voitures particulières. Ces moteurs deviendront très performants et les véhicules équipés de moteurs diesel deviendront de loin les plus vendus en France. Le paradoxe est que la France sera contrainte d'importer du gazole déficitaire, et d'exporter de l'essence en excédent. Ce problème engendre aussi un déséquilibre de notre balance commerciale.

Aujourd'hui, on tente de faire machine arrière et on condamne à tout-va le moteur diesel : c'est le coup classique. Le moteur diesel est accusé de tous les maux de la terre, bien qu'il ait un rendement thermodynamique nettement supérieur au moteur à essence. Les médias, y compris spécialisés, nous vantent les véhicules équipés de moteur à essence, en précisant que le moteur diesel pour les véhicules particuliers, c'est fini. Les véhicules à moteur essence consomment environ deux litres de plus aux cent kilomètres, et de plus sont fortement malussés. La question sous-jacente est de savoir à qui profite le crime !

Le moteur diesel consomme moins à performances identiques. Dans les années quatre-vingt, un véhicule particulier de taille moyenne consommait environ huit à neuf litres de carburant aux cent kilomètres, pour une masse d'environ neuf cents kilos. Un véhicule de catégorie identique équipé d'un moteur diesel consomme aujourd'hui cinq à six litres de carburant pour une masse de l'ordre de mille deux cent cinquante kilos. La masse des véhicules a fortement augmenté pour, d'une part, respecter la tenue au *crash test* et d'autre part, recevoir les améliorations techniques qui apportent un plus à la conduite et à la sécurité active. On a donc divisé par deux la consommation des véhicules, et je suis persuadé que nos ingénieurs peuvent aller encore plus loin.

Il est exact que le moteur diesel est peu utilisé dans des pays comme le Japon, le Brésil, l'Inde ainsi que les États-Unis.

Quand on parle de pollution des moteurs, il faut bien faire la distinction entre les émissions de CO^2 et les véritables polluants. Plus la consommation est élevée, plus elle émet de CO^2. Le CO^2 n'est d'ailleurs pas un polluant pour l'homme, mais il participe à l'effet de serre (voir plus haut dans le texte).

À ce sujet, j'aimerais apporter une précision qui a son importance. On nous parle sans cesse des méfaits du CO^2. Or il ne faut pas oublier que celui-ci présente quand même un certain nombre d'avantages. Pour les plantes et les arbres, le CO^2 est l'élément vital de la photosynthèse. Il faut protéger et favoriser la régénération des massifs forestiers. Les applications du CO^2 sont nombreuses, aussi bien en phase gazeuse que liquide ou solide voire supercritique. Le CO^2 est utilisé dans des dizaines d'applications, parmi lesquelles :

– La protection incendie pour l'extinction des feux,

– La réfrigération et la conservation des produits,

– La dilution en substitution de solvants classiques.

Les pouvoirs publics se sont trompés de cible en imposant des malus indexés uniquement sur les taux de CO^2. C'est ce qu'il y a de plus facile à contrôler, puisque le CO^2 est directement lié à la consommation de carburant. Il aurait été plus judicieux de se focaliser sur les vrais polluants qui présentent un danger pour l'homme. Les polluants les plus dangereux sont les oxydes de carbone, les hydrocarbures imbrûlés, et surtout les oxydes d'azote et particules fines. Les moteurs diesel modernes, qui sont conformes à la dernière norme Euro-6, émettent très peu de CO et de HC imbrûlés. Mais pour détruire les particules fines, on produit des oxydes d'azote, et notamment des NO^2 très nocifs pour la santé. On vient de découvrir que les voitures n'étaient pas conformes sur le plan des émissions d'oxydes d'azote. Ils ont mis du temps à s'en apercevoir !

Alors comme toujours, le balancier est parti dans l'autre sens. Maintenant on nous parle du scandale des moteurs diesel Volkswagen et d'un logiciel truqueur qui aurait été installé sur plus de onze millions de voitures particulières. Une chose est certaine, on a fixé des seuils d'émission de Nox qui ne sont pas tenables dans des conditions de circulation, où les changements d'allure successifs ne permettent pas une dépollution optimale. Rapidement, ils se sont aperçus que la plupart des véhicules testés ne respectaient pas la norme en matière de rejet de Nox. Aussi, le 28 octobre 2015 à Bruxelles, une décision a été prise par les gouvernements en modifiant les seuils d'émission de Nox en multipliant par deux le seuil maxi acceptable. Le moins que l'on puisse dire, c'est que cela surprend. Cela s'apparente un peu à de l'amateurisme !

Afin de réduire les émissions de CO^2, la plupart des constructeurs suppriment les roues de secours sur les voitures, en prétextant qu'on ne crève plus. Une roue de secours pèse entre quinze et vingt kilos, ce qui permet de faire baisser le seuil des émissions de CO^2. C'est bien cela la raison essentielle ; toutes les autres raisons invoquées ne sont pas recevables.

Les moteurs à essence bénéficient d'un catalyseur qui leur permet de réduire de façon significative les émissions de polluants. Mais les nouveaux moteurs essence à injection directe sont moins bien positionnés sur le plan écologique.

Quand on parle de transport, et notamment de transport urbain, il ne nous est plus possible d'ignorer le véhicule électrique, qu'il soit tout électrique ou hybride. L'idée n'est pas nouvelle puisque le premier véhicule ayant atteint les cent kilomètres à l'heure était un véhicule électrique : « la Jamais Contente ».

On nous parle de plus en plus de véhicules électriques. Malgré les progrès technologiques réalisés sur les batteries, l'avenir ne peut être que d'un optimisme mesuré. En effet, une masse d'un kilogramme d'essence pourra produire une énergie de l'ordre de dix mille watts pendant une heure. C'est bien cette énergie qui servira à propulser la voiture. Inversement, une batterie ayant une masse d'un kilogramme ne produira, malgré les progrès réalisés sur cette technologie, qu'une énergie de cent vingt watts pendant une heure. Cela fixe les limites de la technologie, et ceci bien que la chaîne cinématique de la technologie à moteur électrique ait un meilleur rendement que la technologie à moteur thermique. Dans l'état actuel de nos connaissances, il faudrait une batterie bien supérieure à une tonne pour concurrencer la technologie classique. De plus, cette masse embarquée serait très pénalisante et réduirait d'autant les performances du véhicule. Croyez-moi, le remplacement du moteur classique thermique n'est pas pour demain, même si certains prétendent le contraire. La voiture électrique restera marginale, utilisable pour des déplacements exclusivement urbains. De plus, si on veut être cohérent, la « voiture électrique écologique » ne peut avoir de sens que si les différents maillons qui englobent la production, la distribution, ainsi que tous les composants nécessaires à la recharge des batteries peuvent être d'origine renouvelable. Aujourd'hui c'est loin d'être le cas, n'en déplaise à tous ces adeptes qui orientent le débat.

Il est clair que la maîtrise de la France dans le domaine nucléaire est un immense avantage, tant sur le plan économique qu'environnemental, et ceci aussi bien pour le particulier que pour l'industrie.

Les reproches que l'on fait au nucléaire sont presque toujours les mêmes : accidents de Tchernobyl, Fukushima et traitements des déchets. La géographie de nos centrales nous met à l'abri de risques sismiques, et les compétences de la France en matière de sécurité et sûreté nucléaires ne sont plus à démontrer. Cependant deux problèmes restent essentiels, ce sont le traitement des déchets et le vieillissement de nos centrales.

Le traitement des déchets, même si ceux-ci sont revalorisés à hauteur de 96 % pour refaire du carburant nucléaire, reste probablement le problème le plus délicat car les solutions n'existent pas vraiment. C'est le point sensible de cette technologie. Actuellement, les déchets non quantifiés pour une réutilisation sont vitrifiés et stockés dans le sol, mais pour moi ce ne sont que des solutions « provisoires ». Les scientifiques travaillent pour d'une part, réduire le volume des déchets et d'autre part, réduire la durée de vie des déchets radioactifs. Tous ces efforts qui sont déployés sont là pour nous rassurer sur une technologie excessivement performante et dont il sera difficile de se passer, y compris à moyen/long terme.

Le vieillissement de nos centrales nucléaires est un réel problème car la majorité des centrales ont entre vingt-cinq et trente ans d'existence. 40 % d'entre elles ont plus de trente ans d'existence. Il est évident que des remises à niveau, voire des arrêts, doivent être envisagés pour pérenniser cette technologie. Reste un problème crucial : le financement de ces travaux. Le coût risque d'être colossal. Certains annoncent des montants de plusieurs centaines de millions d'euros. La sécurité n'a pas de prix ;espérons qu'on ne fera pas d'impasses sur ce thème.

La France étudie de nouvelles générations de réacteurs qui permettront d'espérer des performances encore meilleures. Espérons que nos politiques sauront conserver ce cap et continuer ainsi à nous donner un avantage certain dans ce domaine. De toute façon, il est inconcevable de sortir de cette technologie d'un coup de baguette magique.

La plupart des centrales fonctionnement avec des réacteurs de génération II, des essais sont faits avec des générateurs de génération III (appelés EPR) et on pense déjà à la génération IV. Dans un futur lointain, la fission nucléaire sera remplacée par la fusion nucléaire. Cette technologie présentera d'énormes avantages et nécessitera très peu de combustible.

Et même si certains de nos politiques ont fait une croix sur le fait que la France puisse être indépendante avec cette énergie, n'en déplaise aux lobbyistes de Bruxelles, la France a encore une longueur d'avance sur cette technologie ; ne la gâchons pas.

Le tableau suivant compare les quantités de combustible nécessaires en fonction des technologies pour produire mille mégawatts pendant un an (soit la puissance d'un réacteur d'une centrale actuelle). Il y a en France cinquante-huit réacteurs nucléaires. Les très gros réacteurs ont une puissance unitaire qui va jusqu'à mille quatre cent cinquante mégawatts.

Source d'énergie	**Quantité de combustible nécessaire**
Eolien	5600 éoliennes
Centrale à charbon	2 600 000 tonnes de charbon
Centrale à fioul	1 800 000 tonnes de pétrole
Centrales nucléaires	2 tonnes d'uranium enrichi à 4%
Système à fusion	100 kg de deutérium et 150 kg de tritium

Origine : aboutissement d'un TPE réalisé par des élèves sur la question suivante.

Origine : aboutissement d'un TPE réalisé par des élèves sur la question suivante :

« En quoi les énergies propres sont-elles considérées comme de solutions pour demain ? »

Le tableau ci-dessous permet de positionner les techniques de production d'énergie électrique par rapport à la production totale en France qui était de cinq cent trente millions de kilowattheures en 2016. Ce tableau a été construit à partir de données connues, excepté pour la dernière colonne qui représente une cotation personnelle. En ce qui concerne la source d'énergie d'origine hydroélectrique, j'ai fait abstraction des pertes calorifiques qui se situent au niveau des turbo-alternateurs, et cela quelle que soit la technologie.

Le turbo-alternateur est l'ensemble de la turbine et de l'alternateur. La turbine reçoit la puissance mécanique d'un fluide en mouvement. Cela peut être de l'eau, de la vapeur ou de l'eau chaude. L'alternateur, quant à lui, transforme l'énergie mécanique en courant électrique.

Source d'énergie	% de production	Nombre de sites	Emission gaz effet serre
Nucléaire	76	19 sites (58 réacteurs)	Faible
Hydroélectrique	12	2500	Nulle
Thermique fossile	8	15	Forte
Eolien	3	1400 sites	Nulle
Solaire	1	12	Nulle

Remarque importante : Ce tableau intègre uniquement les centrales de production d'électricité en France. À l'échelle mondiale, il faut savoir que la plus grande production d'électricité est réalisée à partir de centrales thermiques à charbon. En Chine, le charbon contribue à hauteur de 60 % à la production d'électricité.

UBERISATION : UN NOUVEAU MONDE

Vers une amélioration de la vie, ou pas !....

Nous avons vécu plusieurs révolutions industrielles dans notre histoire. Toutes les révolutions industrielles ont créé un bouleversement, voire un traumatisme pour les individus. Les inquiétudes s'emparent souvent des populations, d'autant plus que les retombées sont en général immenses et inconnues.

La troisième révolution ainsi désignée fait référence au développement de l'informatique et à l'énorme essor des télécommunications. Certains parlent de quatrième révolution avec le développement des imprimantes 3D, à mon avis nous sommes encore dans une phase d'extension et d'expansion de la révolution du numérique.

Le développement de plateformes Uber est un exemple de ce qui se profile, mais nous ne sommes pas au bout de nos surprises.

Il faut savoir s'adapter aux situations nouvelles. Quoi qu'il en soit, l'impact sur les individus est immense, et souvent sans signe annonciateur.

Nous vivons dans une époque où les événements arrivent quelquefois trop vite et surprennent hommes et femmes, y compris la classe politique.

L'*uberisation* est apparue aux États-Unis en 2014 avec la création de la startup Uber, qui mettait en relation des particuliers avec des chauffeurs. Le système s'est ensuite étendu à d'autres activités comme l'hôtellerie, la location de voitures, les banques et bien d'autres choses.

Comme dans toute nouveauté technologique, il y a les partisans et les détracteurs. Les avantages pourraient se traduire pour le particulier par une baisse des prix qui profiterait aux consommateurs. L'*uberisation* est la preuve que la plupart des grandes sociétés sont pénalisées par un manque de flexibilité, une législation et des normes trop contraignantes qui pénalisent leur efficacité, donc leur compétitivité. La création de toutes ces sociétés indépendantes tend à démontrer au moins deux choses. Il y a matière à améliorer le système en place, et un nombre important d'individus est prêt à prendre un certain nombre de risques pour satisfaire leur désir de compétition et de création d'entreprise.

Les inconvénients les plus souvent cités mettent en évidence une concurrence déloyale : des règles différentes et fréquemment, un non-respect de certaines normes qui viennent fausser le marché, une mauvaise protection sociale des employés, ce qui permet des économies notables pour les dirigeants et enfin, des contrats quelquefois mal définis, qui peuvent présenter un risque de précarité pour certains emplois.

Il est trop tôt pour tirer des conclusions de ce nouveau concept. Il faudra probablement réguler, apporter des aménagements pour protéger les utilisateurs. D'autant plus qu'il peut être dangereux pour le particulier de voir arriver certains métiers !

Il est clair que pour les grandes compagnies à l'origine du concept, l'objectif numéro un est la recherche de profit, en réalisant des investissements moindres avec en prime, à terme, la quête d'une maîtrise totale du marché.

L'*uberisation* a une connotation négative, tout au moins en France. Ce genre d'activité n'est pas reconnue comme métier stable, donc représente un risque pour les organismes prêteurs d'argent. L'*uberisation*, c'est se réveiller un matin et découvrir que son métier a disparu ou a été totalement reconsidéré, avec des conséquences incertaines. Mais je pense que cette situation correspond à une transformation de notre société, voire une révolution qui ne s'arrêtera pas. L'individu est constamment dans une quête de recherche de progrès et d'innovation, et je dois dire que cela a aussi un côté rassurant.

Pour les personnes sceptiques voire réfractaires à ce « nouveau monde », j'aimerais faire un parallèle avec la recherche des prix bas, notamment dans les transports aériens. Tout le monde apprécie le fait de pouvoir voyager plus en dépensant moins. Ainsi, beaucoup de personnes profitent de tarifs très compétitifs. On peut se rendre en avion dans une ville distance de mille cinq cents kilomètres pour un coût tellement compétitif que cela ne correspond même pas au prix de revient du carburant. L'exemple que je cite est assez éloquent pour être signalé. Les avions les plus performants consomment environ 3,5 litres de kérosène pour cent kilomètres et par passager. Le carburant compte environ pour un tiers du prix de revient global du billet d'avion. Quand on fait le calcul, il ne reste plus rien pour payer le personnel navigant, le personnel au sol, l'intendance, les coûts de maintenance… Le pire c'est que cela ne semble choquer personne. Alors il est vrai que dans les faits, le prix du billet d'avion peut varier dans des proportions très importantes suivant la date à laquelle vous réservez votre vol. Bien sûr, il y a quelques astuces pour permettre ces prix imbattables. Surtaxe des bagages, contribution des communes par le biais des impôts, personnel navigant un peu exploité et rotation insensée des avions. La question est de savoir si dans ces conditions, la sécurité des passagers reste optimum. Permettez-moi d'avoir quelques doutes. Demain nous aurons peut-être des enseignants, des dentistes, des médecins, des avocats proposés par l'*uberisation* !

DES PISTES POUR S'EN SORTIR

Il n'y a plus de paradis fiscaux. Les paradis fiscaux, le secret bancaire, c'est fini...
Déclaration en 2009 de Nicolas Sarkozy

Une des questions de fond qui se pose est de savoir si l'on peut réduire les dépenses de l'État sans rentrer dans une politique d'austérité qui pénaliserait l'ensemble des Français.

Bien sûr, il y a des solutions qui permettraient de faire des économies notables sans demander d'efforts insurmontables aux citoyens. Des solutions autres que de résoudre un problème en créant un autre problème. Option malheureusement trop souvent utilisée par nos dirigeants. Non, il s'agit de mettre en place de réels schémas de rupture pour permettre de redynamiser l'économie.

Une des actions qui doit être menée en priorité est la réforme de l'État. Le poids de l'État en France représente 57 % du PIB. Ce seuil est énorme et la pression fiscale sur les entreprises et les familles est une des plus fortes des pays industrialisés. Les dépenses de l'État doivent être réduites très fortement. Comme le montre le tableau suivant, nous sommes un des pays où le nombre de députés et sénateurs par habitant est le plus important.

Voici quelques pistes pour faire de réelles économies au niveau de l'État, et rendre le système plus juste.

Pays	Députés + sénateurs	Population
Etats-Unis	535	324 millions
Allemagne	890	81 millions
France	870	66 millions

Commençons par nos élus qui nous coûtent très cher, tant par leur nombre que par les indemnités qu'ils touchent. Il faut impérativement revoir à la baisse tous ces privilèges exceptionnels.

Je ne parle pas de ceux qui confondent leur porte-monnaie avec celui de l'État. Je parle des avantages acquis et qui ne devraient plus avoir cours, surtout dans un contexte où l'on demande des sacrifices aux Français.

Tous ces avantages sont défendus et sauvegardés par les partis politiques, qu'ils soient de droite ou de gauche. Cumuls de mandats, cumuls de retraite, avantages de toutes sortes, la liste serait bien trop longue.

Philippe Pascot a écrit plusieurs livres sur ce thème. Le plus connu, *Pilleurs d'État*, relate de façon précise tous ces abus. J'avoue que cela donne le vertige et comme une envie de se révolter.

La transparence est nécessaire. Ce n'est pas qu'une question de manque à gagner pour l'État, c'est surtout un problème d'éthique, de crédibilité de nos élus envers les citoyens.

Autre thème d'importance qui pourrait induire de grandes rentrées d'argent : l'évasion fiscale. Oui, je sais, je ne vais pas me faire des amis.

Selon les experts, l'évasion fiscale se situerait entre soixante et quatre-vingts milliards d'euros par an pour la France.

Ce montant colossal est supérieur au déficit annuel de la France, même si les deux ne sont pas complétement liés. Pour l'Union européenne, l'évasion fiscale représenterait mille milliards d'euros par an.

Le problème n'est évidemment pas simple à résoudre car cela touche des particuliers, des grandes sociétés et même des hommes politiques. Quand on parle d'évasion fiscale, il faut considérer deux aspects :

Bien sûr, des personnes qui cherchent à mettre leur argent à l'abri, en Suisse ou ailleurs, et qui ont des comptes *offshore*. Mais en fait, la véritable grosse évasion fiscale est celle des entreprises du CAC 40.

Les comptes *offshore*, en théorie, il n'y a rien d'illégal ; tout le monde peut ouvrir un compte bancaire à l'étranger. Par contre, il est obligatoire de déclarer les sommes perçues à l'étranger à l'administration fiscale du pays dans lequel on réside. Les pays les plus connus sont la Suisse et le Luxembourg, même si les récentes positions prises en matière de secret bancaire ont pu freiner ces destinations.

Le problème est qu'il y a des comptes *offshore* non déclarés, des comptes dormants qui peuvent servir à des transferts voire du blanchiment d'argent. Le ministre du Budget de l'époque, Éric Woerth, avait réussi à faire rapatrier en France six milliards d'euros et avait fait procéder à des redressements fiscaux. Cela partait d'un sentiment d'équité, malheureusement bien loin des montants en jeu.

Mais la grande évasion fiscale se passe du côté des grandes sociétés, où les gains sont en général nettement plus conséquents. Les grandes sociétés multinationales ont la possibilité d'optimiser leur situation fiscale. Des sociétés comme Amazon, Google, Apple, Facebook… ne payent pas d'impôts en France, bien qu'elles y réalisent des bénéfices importants, mais elles transfèrent leurs gains en Irlande ou au Luxembourg. Le manque à gagner pour la France est énorme. Depuis la crise financière de 2008, les pays se sont livrés à une bataille acharnée pour attirer les investisseurs internationaux. En Irlande et Hollande, les impôts très bas sur les sociétés font de la concurrence déloyale aux autres pays. En Irlande, le taux d'imposition pour les grandes sociétés est réduit à 12 %. Le Royaume-Uni, depuis le Brexit, évoque la possibilité de ramener le taux de 17 à 15 %. En

Allemagne, le taux standard est de 15 %. La France est le pays qui propose le taux le plus élevé avec 33 %. C'est un véritable *dumping* fiscal que pratiquent certains pays et un manque à gagner considérable pour l'État.

De nombreuses sociétés peuvent donc transférer leurs profits vers des États à fiscalité avantageuse. Elles appellent cela de l'optimisation fiscale. Moi je trouve que cela ressemble plus à de la fraude fiscale, chacun son vocabulaire !

Il est tout à fait anormal qu'au sein de l'Union européenne, on ne cherche pas à endiguer ce problème de paradis fiscaux. L'argument le plus souvent évoqué par ces grandes sociétés est le suivant : ces paradis fiscaux sont des moteurs pour notre économie. Cela nous permet d'être compétitif, et ainsi de pouvoir investir et embaucher. Ce ne sont que chantage et mensonges…

Il y aurait une trentaine de paradis fiscaux dans le monde.

Le problème est que les petits commerçants, les petites entreprises, qui n'ont pas de siège au Luxembourg ou ailleurs, sont donc taxés plein pot !

Des mesures devront être prises pour obliger les grandes entreprises internationales à signaler leurs opérations financières ainsi que celles des banques. Souvenons-nous de ce que Nicolas Sarkozy déclarait à cette occasion à la veille du G20 :

Il n'y aura plus de paradis fiscaux, plus de secret bancaire, c'est fini…

Mais comme bien souvent avec monsieur Sarkozy, beaucoup de paroles et très peu d'effet ensuite.

Autre source de gain : les niches fiscales. Elles représentent un manque à gagner important pour l'État. Il est difficile d'annoncer un chiffre précis sur le nombre et le manque à gagner. Il semblerait que leur nombre soit supérieur à quatre cents pour une perte de ressources pour l'État de plusieurs dizaines de milliards d'euros par an. Le chiffre de soixante-dix milliards d'euros est fréquemment repris pour l'année 2015. Ce dispositif peut permettre à certaines personnes fortunées de ne pas payer d'impôts. Il est clair qu'une réforme est nécessaire soit par des plafonnements, soit par des remises en cause pures et dures. Financer des niches fiscales alors que l'État est très endetté, cela semble absurde et irresponsable.

Dans un pays en crise qui recherche des économies, il faut repenser le régime fiscal. Favoriser les personnes qui investissent dans des entreprises françaises est tout à fait souhaitable.

Il faudrait reconsidérer la manière de financer l'État, tout au moins pour les investissements de structure et non de fonctionnement. Il est inconcevable que pour des investissements tels que la recherche d'énergies nouvelles, l'amélioration des moyens de transport, la formation scolaire, l'amélioration de nos hôpitaux, etc. nous ne puissions pas emprunter à notre banque centrale à des taux quasiment nuls.

C'est une aberration du traité de Maastricht d'autoriser la libre circulation des capitaux. Toutes les restrictions aux mouvements de capitaux ont été levées. Les entreprises ont donc le droit de s'implanter librement dans des États et peuvent ainsi jouer avec la fiscalité la plus avantageuse. Les grandes multinationales ne s'en privent pas.

Beaucoup de holdings sont basées dans des paradis fiscaux. Il faut mettre en place un système pour favoriser les entreprises à investir en France.

Marc Chesney, professeur d'économie, propose d'introduire une taxe sur tous les paiements électroniques. Cela inclut les transactions du quotidien, mais également les transactions en bourse. Le montant journalier de ces transactions financières est de quatre mille milliards de dollars ; une ponction de 1 % représenterait sur l'année une manne absolument gigantesque. Cette mesure aurait en plus l'avantage de réduire la spéculation boursière, néfaste pour l'économie actuelle. James Tobin avait déjà eu l'idée en 1978 de taxer les transactions financières.

Pour terminer avec les choses qui fâchent, il faut reconsidérer le taux d'imposition sur le grand capital. Ces mesures doivent être étudiées avec beaucoup de lucidité. La finalité n'est pas d'encourager à faire fuir des capitaux à l'étranger, bien au contraire. À l'extrême, il est préférable de baisser les impôts des sociétés, plutôt de voir fuir les bénéfices dans des paradis fiscaux.

Il faut repenser le système de rémunération de certains placements et revoir les barèmes d'imposition. Il faut favoriser les investisseurs qui prennent des risques, qui investissent dans des petites entreprises qui cherchent à se développer. A contrario, il faut taxer l'enrichissement sans cause, en d'autres termes la spéculation.

Au lieu de tout cela on va nous demander, ou plutôt Bruxelles risque probablement de nous imposer d'augmenter la TVA et de mener une politique d'austérité. La TVA est l'impôt le plus injuste qui soit ; il pénalise toute la classe moyenne.

Pour continuer sur les positions absurdes, il est fortement question de supprimer l'ISF, soi-disant pour forcer les plus riches à investir dans nos entreprises. L'ISF rapporte quand même à l'État plus de cinq milliards d'euros par an.

Beaucoup rétorqueront que l'ISF n'est pas au niveau des espérances, car beaucoup passent à travers.

Le Canard Enchaîné avait publié en 2016 une liste de cinquante gros contribuables assujettis à l'ISF qui auraient bénéficié d'une réduction importante de leur Impôt Solidarité sur la Fortune. Au total 21,2 millions d'euros auraient été payés alors que le montant initial était de près de deux cent vingt millions. Le ministère des Finances a déposé plainte pour violation du secret fiscal mais n'a pas démenti les faits relatés.

Toutes ces pistes d'économie pourraient générer des gains absolument colossaux, même s'il est bien évident que tout ne pourrait pas être fait.

Un réajustement de ces avantages est absolument nécessaire et je dirais même, devrait être fait sans tarder. C'est non seulement une question d'éthique et d'équité vis-à-vis des citoyens, mais c'est surtout une question de survie pour notre pays.

Bien évidemment il y a des réformes à faire en France, et dans de nombreux domaines. Mais s'il y a un secteur qui doit être réformé, c'est bien le système bancaire. Il y a bien eu une intention de François Hollande, ou plutôt une promesse, à l'instar de ce qui avait été fait par Roosevelt en 1933, à savoir séparer banques de dépôt et banques d'affaires, ceci afin que les banques évitent de spéculer en faisant prendre des risques aux citoyens. En fait, il ne s'est rien passé ou presque. Il y a eu un blocage du lobby bancaire et monsieur Macron s'est arrangé pour enterrer le projet de loi. La question est de savoir si François Hollande était consentant ou s'il était sous la coupe de personnages qui avaient plus de pouvoir que lui. Les banques sont devenues trop grosses pour faire faillite ; le problème est qu'en cas de grosses difficultés, les citoyens risquent de mettre la main à la poche.

Un autre secteur qui va nécessiter des réformes importantes est celui des retraites. Quand les régimes de retraites par répartition ont été votés en 1945, l'espérance de vie pour les hommes était à peine supérieure à soixante ans. Ce régime est toujours en vigueur et doit rémunérer des retraités dont l'espérance de vie frise les quatre-vingts ans. De plus, le gouvernement de Pierre Mauroy instaure en 1982 la retraite à soixante ans.

Il ne faut pas ignorer l'importance de la génération du *baby boom*. Les personnes nées entre 1945 et 1960 ont contribué au déficit du système de retraite. Cette situation était prévisible mais aucun de nos politiques n'a cherché à anticiper cette situation. La population totale augmente mais vieillit, alors que la population active stagne. Le rapport entre les actifs et les inactifs est passé de 2,5 en 1990 à moins de 2 actuellement.

Les projections prévoient un rapport de 1,5 dans les années 2030. Il est clair que ces conditions ne sont plus en adéquation avec le financement actuel des retraites. Des ajustements majeurs devront être faits si l'on veut que le système de retraite perdure.

Pour convaincre les citoyens qu'une réforme est nécessaire, il est impératif de revoir le système de retraite des élus de la République, qui est honteusement avantageux.

La France doit être réformée, c'est une nécessité, mais ces réformes ne seront acceptées par le citoyen que si et seulement si l'État donne l'exemple. Pour demander des sacrifices aux citoyens, il faut être soi-même exemplaire.

Par ailleurs, il est clair que l'adoption des trente-cinq heures de travail a obligé les entreprises à régler l'addition. Cela s'est traduit par un gel des embauches, notamment pour les jeunes. Au final, les seniors sont partis en retraite plus tôt et ont été les grands gagnants de cette réforme.

D'une façon générale, les dépenses publiques de la France sont plus élevées que dans les autres pays européens. Cet écart représente plusieurs points de PIB, et ceci sur les retraites mais aussi la santé, l'éducation et la formation. Il faut impérativement alléger les charges des entreprises ; c'est une des clés de la relance économique.

Il n'est pas question de sacrifier notre modèle social, cela fait partie de nos acquis, mais des aménagements devront obligatoirement être apportés, et ceci sans tarder.

UN PRÉSIDENT NOUVEAU SANS RENOUVEAU

La vraie démocratie ne viendra pas de la prise de pouvoir par quelques-uns mais du pouvoir de tous à s'opposer au pouvoir.
Gandhi

On ne peut que constater l'outrecuidance des hommes politiques à se présenter comme des hommes nouveaux, alors que la plupart d'entre eux ont amené la France à l'échec. Surpris sont ces hommes politiques quand ils s'aperçoivent que les citoyens ne leur font plus confiance.

Au moment où j'écris ce livre, Emmanuel Macron vient d'être élu président de la République. Il n'a pas bénéficié d'un plébiscite puisqu'il a été élu avec 43 % de voix. Je sais, le chiffre qui nous a été présenté était de plus de 66 %. La différence s'explique quand on fait la distinction entre les inscrits et les votants.

Quarante-sept millions, c'est le nombre d'électeurs inscrits en France et il y a eu 20,6 millions de voix au deuxième tour pour Macron. Ce chiffre tient compte des votes blancs et nuls ainsi que des abstentionnistes, qui représentent au total 34 %. Tout ceci nous donne un président élu avec un score très honorable de 43 %.

Ce score est tout à fait comparable aux élections des précédents présidents, à l'exception de monsieur Chirac qui lui, avait fait un score de 62 % contre monsieur Le Pen.

Quoi qu'il en soit nous avons à chaque fois, et ceci depuis plusieurs quinquennats, un président de la République qui est élu avec au grand maximum un score de 25 % de voix au premier tour. On connaît ensuite les petits arrangements du second tour, qui faussent le résultat final. Ce type d'élection ne correspond plus, à mon avis, aux souhaits de la population et c'est, pour moi, non conforme à une vraie démocratie.

Il faut reconnaître que nous avons assisté à une « drôle » de campagne. Comme toujours, les grands candidats font semblant de ne pas être d'accord mais en fait, ils sont d'accord sur les grandes lignes ; seule la forme change. On veut nous vendre les grands candidats qui ont presque le même programme. Ils sont surtout désireux de conserver leurs privilèges, quitte à s'associer avec un autre candidat, différent sur les idées mais tellement mieux placé pour un second tour, pour espérer obtenir un poste ultérieurement.

Les petits candidats perturbent le « système » car ils n'hésitent pas à dire des vérités que les grands partis ne veulent pas aborder et surtout, qu'ils ne veulent pas que le citoyen entende. Dans certains cas, on cherchera même à les mettre hors-jeu. Heureusement, certains thèmes stratégiques et cruciaux seront tout de même abordés mais pas avec l'importance que cela mériterait.

Je pense particulièrement à notre implication dans l'Europe, à la « légitimité » de la dette, à la refonte du système financier et des banques. Et pourtant ce sont de vrais sujets, que les Français souhaiteraient voir aborder en priorité, avec les problèmes d'emploi.

Tous les citoyens attendaient des propositions concrètes aux problèmes, mais il n'en fut rien, on s'est bien gardé d'en parler.

En fait, ce fut réellement une campagne présidentielle indigne, tout était ficelé d'avance. L'objectif était bien de placer en finale le candidat du « système », en l'occurrence Emmanuel Macron, avec si possible comme adversaire un « perdant » pour être bien sûr que ce monsieur serait élu. Le problème, c'est que François Fillon avait gagné les primaires des Républicains haut la main et risquait alors de perturber « la finale ». Heureusement ! Il y eu l'affaire, la fameuse affaire Pénélope qui mit hors-jeu le candidat républicain. Il est certain que concernant l'emploi de Pénélope Fillon, les médias étaient parfaitement au courant. Mais l'important était de dévoiler l'affaire au bon moment. On reprochera tout de même à monsieur Fillon deux points importants : avoir menti aux Français et ne pas avoir été capable de passer l'obstacle qui se présentait. Un futur président de la République, ou toute personne prétendant accéder à ces fonctions, doit être capable de se sortir d'une telle situation.

Sa prise de position en faveur de monsieur Macron sans aucune hésitation, et ceci quelques minutes après son échec, a montré que monsieur Fillon n'était pas à la hauteur de l'événement.

On retrouve donc comme par magie, au deuxième tour de l'élection présidentielle, la candidate tantôt fustigée et tantôt sacralisée par les médias, je veux parler de madame Le Pen. Il y a bien une sorte de volonté, de la part des médias, à tenir ce double langage ; cela permet d'occulter d'autres partis qui pourraient déranger. Il faut reconnaître que c'est bien joué, cela permet de laisser le champ libre au candidat « tout désigné ».

Rassuré, l'ex-employé de la banque Rothschild était certain du succès. Ce fut bien évidemment le cas.

Si l'heure n'était pas aussi grave, je dirais : c'est la *commedia dell'arte* revisitée.

Oui, je pense sincèrement que les élections ont été partiellement truquées ; monsieur Macron a bénéficié d'une propagande inouïe de la part des médias.

Monsieur Macron a été élu en grande partie en rejet par rapport au FN de madame Le Pen. Les Français ne veulent pas voter blanc, ce n'est pas dans leurs gènes et il faut reconnaître qu'au final, cela ne change pas le nom du vainqueur.

Il est impossible de comptabiliser les unes des journaux, les heures passées devant le petit écran, les commentaires élogieux pour vendre le candidat Macron.

Notre nouveau président de la République n'a pas été choisi par hasard. C'est de la manipulation qui a été orchestrée par les médias, la finance pour appliquer les directives de Bruxelles qui lui sont assignées.

Comme disait Alexis de Tocqueville :

Je ne crains pas le suffrage universel, les gens voteront comme on leur dira...

Pour couronner le tout, nous avons assisté à un véritable sabordage de madame Le Pen lors du débat télévisé, la veille du deuxième tour des élections présidentielles. J'ai même eu l'impression, compte tenu de son attitude, que madame Le Pen était soulagée à l'annonce des résultats le lendemain soir. Il est vrai que certaines personnes ne peuvent briller que dans la critique ou l'opposition. La prise du pouvoir peut faire peur à certains, mais dans ce cas il ne faut pas se présenter.

On l'a tous bien compris, madame Le Pen ne s'est pas présentée aux élections présidentielles pour prendre le pouvoir mais en quelque sorte, pour occuper le terrain. Non, le Front National est présent pour pourrir les petits partis. Il prend ses sources dans l'extrême gauche, mais par contre refuse de voter contre l'évasion fiscale.

La gauche et la droite ont abandonné le peuple pour mener la même politique. Le peuple n'a donc plus confiance en nos politiques. Ce peuple est en quelque sorte devenu orphelin, certains politiques mal intentionnés en profitent.

La majorité des citoyens ne croient plus en nos politiques, ou tout au moins en ceux qui nous ont gouvernés pendant de nombreuses années, avec de piètres résultats. Beaucoup d'entre eux ont compris que la droite et la gauche, c'était la même chose : des hommes qui défendent une même politique libérale basée sur le libre-échange. Ceci explique aussi en partie pourquoi monsieur Macron a été élu : l'homme qui prétendait n'être ni de droite ni de gauche.

Cette situation est malsaine, car elle peut induire la montée de mouvements extrémistes, qui vont à l'encontre d'une démocratie.

Comment peut-on expliquer que monsieur Macron, bien qu'en partie responsable de l'échec de la politique de François Hollande, ait pu atteindre les plus hautes fonctions de l'État ? C'est sans doute cela qui surprend le plus dans cette élection.

Monsieur Macron a été élu sans réel programme. Il s'est arrangé pour se trouver à l'intersection des critiques des deux derniers présidents et a voulu montrer qu'il allait apporter les solutions que les citoyens attendaient. Mais cela risque de mettre en évidence une coquille vide. Macron est une création des banques et de la finance. La politique du président Macron risque d'être une politique de soumission. Soumission par rapport aux exigences de Bruxelles et Francfort, et soumission probable par rapport à la politique américaine dont il sera très probablement un parfait exécutant.

La question qui se pose est de savoir s'il y a eu des collusions entre les États-Unis et certains milieux de la politique française pour le postulant Macron. Peut-être que l'avenir nous le dira. L'objectif était de faire élire Macron ; c'est chose faite. Personnellement, je trouve que cette situation est malsaine. Certains vont se réveiller en ayant l'impression d'avoir été trahis.

Produit de la Goldman Sachs, soutenu par P. Bergé, A. Minc, BHL, Kouchner, Drahi, Bolloré, de Castries et propulsé par J. Attali, monsieur Macron est arrivé aux plus hautes instances de la République.

Certains seront rassurés de voir que le « bébé des Rothschild » possède tous les gènes pour réaliser le projet de domination souhaité par le système bancaire.

Un grand nombre de hauts fonctionnaires des banques centrales sont issus de la Goldman Sachs. C'est dans ce contexte que celle-ci pourra continuer à tisser sa toile d'araignée et devenir ainsi le maître du monde. Souhaitons seulement que nous n'allions pas au désastre !

CONCLUSION

Ce qui m'intéresse, c'est la vie des hommes qui ont échoué car c'est le signe qu'ils ont essayé de se surpasser.

Georges Clémenceau

Quand j'ai commencé la rédaction de ce livre, je pressentais une conclusion pleine d'optimisme. J'arrive au terme de mes réflexions, et je dois admettre que mon enthousiasme c'est quelque peu effrité.

Beaucoup de raisons expliquent ce désenchantement. Avant de parler des pistes d'espoir pour notre pays, j'aimerais reformuler les difficultés que nous rencontrons et qui minent notre société.

L'arrêt du système de Bretton Woods a désorganisé le système monétaire, créant ainsi une financiarisation du monde économique.

Des dépenses publiques mal maîtrisées ont induit des ponctions importantes sur le salaire. C'est un handicap majeur pour la compétitivité de nos entreprises, et notamment par rapport aux autres pays européens.

Il faut malheureusement admettre que les hommes qui nous ont gouvernés ont été très décevants. Ils ont eu pour la plupart un comportement inapproprié à la situation. Nos deux anciens présidents n'avaient pas de vision à moyen ou long terme. Alors ils bricolaient, zigzaguaient, incapables de réformer le pays. Pour eux, gouverner était synonyme de dépenser. Les deux derniers présidents qui ont dirigé le pays étaient tout juste des produits de marketing, qui travaillaient avant tout pour leur histoire, et non pour l'histoire de leur pays. Diriger la France demande des sacrifices. La France n'est pas malade, c'est la classe politique qui est malade et obsolète. Le principe des élections est à revoir en totalité.

Nous sommes dans de la politique spectacle. Il faut montrer que l'on est présent. On fait des promesses que l'on s'empresse de ne pas tenir, mais peu importe, on est là, sur l'événement. Ceux qui nous ont gouvernés étaient des experts en reculades successives et trahison par rapport aux promesses faites avant les élections. Comme disait le célèbre philosophe Michel Onfray à propos des élections, le schéma est toujours le même ; on retrouve toujours un scénario en trois étapes :

« Séduction, Élection et ensuite, Trahison ».

On aimerait voir nos politiques se *friter* avec les dirigeants de Bruxelles pour défendre les intérêts de notre pays mais malheureusement, il n'en est rien. Les remèdes pour redresser notre pays, les politiques les connaissent, mais cela nécessiterait des schémas de rupture, et de se mettre à dos le système financier dans lequel beaucoup se complaisent. Et c'est bien la classe politique qui est responsable de la situation dans laquelle nous nous trouvons. Depuis des décennies, nous n'avons que des fantoches à la tête de l'État.

Nos politiciens passent une grande partie de leur temps à s'étriper à qui aura le meilleur poste. Ensuite, quand on a obtenu le poste, on fait venir les copains qui sauront renvoyer l'ascenseur le moment venu.

On espère toujours avoir des politiques courageux et loyaux, et au lieu de cela nous devons nous satisfaire de mensonges ou de changements d'orientation incessants.

Leurs intérêts personnels passent avant les intérêts de la France. Ils sont plus intéressés par leur devenir que par le devenir des citoyens. Le pouvoir est un sacrifice, on est élu pour servir la France, mais beaucoup semblent l'avoir oublié. Le souci premier de nos élus, c'est d'être réélus.

Cette position leur garantit un statut rémunéré, et même bien rémunéré, et les met à l'abri des difficultés.

La pièce que nous jouent nos politiques ne convient plus à la plupart des citoyens. Pourtant, certains d'entre eux ont été des acteurs hors pair. Mais nous n'avons maintenant que de mauvais acteurs qui jouent de mauvais rôles.

Nos politiques n'ont pas pris les mesures nécessaires pour endiguer la crise. Ils pratiquent tous une politique de lobbyings, ou se réfèrent à une idéologie, la plupart du temps dépassée et surtout qui n'est plus de circonstance. Il y a de l'incompétence notoire, et pas uniquement dans le domaine de l'économie. N'en déplaise à Descartes, le bon sens n'est pas toujours la chose au monde la mieux partagée !

Nous constatons chaque jour que nos politiques n'ont plus aucun levier d'action pour résoudre les problèmes qui se posent, excepté pour promulguer quelques textes de lois sur le « sociétal ». La parole de nos politiques est devenue suspecte, ils ne sont plus écoutés. Ils préfèrent satisfaire les marchés financiers que de chercher des solutions.

Le leitmotiv de la plupart de nos élus est de maintenir le système en place qui leur sied bien, et qui leur offre une place bien au chaud.

Les hommes qui nous ont gouvernés ont manqué de courage pour repenser le système. Aujourd'hui le système n'est plus viable et l'Europe risque d'exploser. Je pense que notre nouveau président, à l'instar des précédents, fera semblant de s'attaquer aux problèmes. Cela fait toujours bonne figure de prime abord, on fait croire que l'on va agir et au final, il ne se passe rien. On essaie de nous fait croire que l'Europe veut lutter contre les paradis fiscaux :

Grosse supercherie !

L'augmentation de l'espérance de vie a certes été bénéfique pour l'humain, mais ce progrès ne pouvait pas être financé, compte tenu de l'âge du départ à la retraite, qui a été ramené de soixante-cinq à soixante ans. La solution qui consisterait à baisser le montant des retraites n'est pas une solution envisageable dans le contexte actuel. Il faudrait donc admettre une augmentation du temps de cotisation ; c'est incontournable si nous souhaitons conserver notre système de financement des retraites.

Le principe de la finance n'encourage pas les actionnaires à investir dans les entreprises, ce qui fait que celles-ci sont pénalisées pour améliorer leur compétitivité. Les actionnaires préfèrent investir dans l'économie secondaire, aux dépens du secteur industriel.

La transition énergétique doit se faire mais en douceur, de façon contrôlée et obligatoirement en faisant adhérer un maximum de pays. Les révolutions industrielles que nous avons vécues ont permis d'améliorer la productivité, mais sans trop se soucier de l'écologie.

Le système financier est devenu un grand casino qui profite à quelques rares unités, mais pénalise la majorité des citoyens. Un rapport édité par le Wealth Report signalait que plus de la moitié du PIB mondial était détenu par environ soixante mille personnes. À l'inverse, au début des années 2000, 40 % de la population mondiale ne disposait que de deux dollars par jour pour vivre. Certes, dans certains pays, deux dollars par jour permettent de mieux vivre que des dizaines de dollars dans d'autres pays. Néanmoins, ces écarts sont démesurés et cela s'explique par une sphère financière qui a pris le pouvoir et qui dicte sa loi à l'économie mondiale. Nous ne devons plus être sous l'influence de ces énormes puissances financières ; il en va aussi de notre démocratie.

Je crains que l'élection du nouveau président de la République ne résolve pas les problèmes qui nous accablent. Car tout est verrouillé, et même bien verrouillé par des élites qui maîtrisent bien le « système ». On prend bien garde, le moment venu, d'écarter les « mal-pensants » qui pourraient déranger.

Nous avons d'un côté un système médiatique lié corps et âme au candidat choisi par le système, et d'autre part les hommes forts, les personnalités clés, totalement en adéquation pour organiser le monde qui leur sied et qui répond bien à leurs désirs.

L'Europe de Maastricht s'est trompée mais il semble qu'on l'ait bien aidée. Il a été mis en place des traités dont certains vont à l'encontre des intérêts du peuple, mais qui gratifient une poignée de dirigeants et d'hommes d'affaires.

Les conséquences sont désastreuses sur la dette, et d'une façon générale sur l'activité économique. La croissance est en berne, le chômage est au plus haut niveau et la balance commerciale est fortement négative.

C'est vrai, la crise financière est passée par là, elle a laissé beaucoup de traces, et pour certains pays d'Europe cela a été un vrai traumatisme. L'endettement a considérablement augmenté dans de nombreux pays. Une génération de jeunes se retrouvent avec un lourd fardeau à porter dans un contexte d'emploi souvent précaire.

Une démographie en baisse, une augmentation du nombre de retraités, tout cela semble plus inquiétant que l'arrivée des migrants, qui se résume plus à un problème humanitaire.

À juste titre, la colère monte chez nos concitoyens et commence à se faire entendre ; une colère qui est relayée par de nombreux réseaux sociaux. La classe politique tente de s'appuyer sur les médias. La question qui se pose est de savoir jusqu'où seront-ils suivis.

L'Europe devrait servir entre autres à fédérer de grands projets internationaux, notamment pour le bien de l'humanité. Je pense particulièrement à acheminer l'eau, l'électricité dans des régions défavorisées de l'Afrique ou d'ailleurs. Il y a pléthore de sujets à traiter en urgence ; cela mériterait de s'y pencher et de plus, ce serait salutaire pour la paix de l'humanité.

Quand le président des États-Unis J.F. Kennedy prononça son discours sur son intention d'aller sur la Lune, une grande partie de l'opinion publique était sceptique sachant qu'à ce moment-là, les Russes étaient en avance sur la conquête spatiale. Nous sommes alors en pleine guerre froide et les Américains veulent montrer leur suprématie au monde entier. Rappelons-nous les propos du président à l'époque :

Nous choisissons d'aller sur la Lune... non pas parce que c'est facile, mais justement parce que c'est difficile, car ce but servira à organiser et à donner le meilleur de nos énergies et de nos savoir-faire...

On connaît la suite, les Américains poseront le pied sur la Lune huit ans plus tard. Il est vrai que la décision du président était plus une décision politique que scientifique. On ne demande pas à un homme d'État d'être expert en tout. Il doit être visionnaire et capable de prendre un certain nombre de risques pour amener l'homme à se surpasser.

L'homme aspire à être challengé, encore faut-il lui en laisser la possibilité. De temps à autre, il faut un « brin de folie » pour permettre aux individus de se transcender. Mais force est de constater que la tendance actuelle est plutôt de se protéger et de prendre un minimum de risques. Ce phénomène a tendance à se généraliser, surtout dans les grandes sociétés.

L'avenir se dessine peut-être à partir du sommet qui s'est tenu en septembre 2017 en Chine, à Xiamen. Je veux parler des BRICS, cet acronyme qui désigne le Brésil, la Russie, l'Inde, la Chine et l'Afrique du Sud. À ce sommet, certains pays africains étaient invités, ainsi que le Mexique, la Thaïlande et le Tadjikistan.

L'Europe devra être présente à l'avenir, et pas uniquement pour des problèmes liés à la sécurité. Les BRICS ont contribué, ces dernières années, à plus de 50 % de la croissance mondiale.

Bien que le Brésil ait connu une crise économique et politique sans précédent en 2015, l'économie brésilienne se dirige vers une reprise. Le Brésil est un pays de plus de deux cents millions d'habitants, avec des ressources minérales et agricoles importantes. Ce pays a besoin d'investir dans les domaines de l'énergie, des transports et doit renforcer la qualification de son personnel actif.

La Russie, bien qu'ayant été redessinée après la chute du régime en 1991, reste malgré tout le plus grand pays du monde en superficie. Elle possède de grandes ressources de gaz et de pétrole, ainsi que des ressources minières, ce qui en fait un acteur incontournable. Il faudra compter à l'avenir avec ce pays, qui a aux commandes un président qui souhaite faire de la Russie un acteur majeur du monde géopolitique.

Il serait bon de renforcer nos liens avec La Chine, bien que la croissance soit redescendue par rapport aux valeurs connues il y a une dizaine d'années. La Chine n'a pas fini de nous surprendre, elle est avide de technologies. Elle cherche, entre autres, à construire des centrales de production d'énergie, un domaine où la France excelle.

L'Inde est très peu endettée et doit développer ses infrastructures routières, ferroviaires et aussi énergétiques. Elle doit aussi améliorer son système éducatif.

On ne peut qu'être frappé quand on pense à l'énorme potentiel que détient la France, cette France qui a une compétence reconnue dans une multitude de domaines, que ce soit dans l'énergie, l'aéronautique, l'automobile, les chantiers navals, le transport ferroviaire, l'agriculture, la gastronomie, le domaine médical, la recherche, et sans parler des arts et des lettres, etc.

La France a une situation géographique stratégique privilégiée que beaucoup nous envient, notamment avec des zones côtières importantes accédant à plusieurs mers.

La surface des sols consacrée à l'agriculture est une des plus importantes d'Europe avec une moyenne d'un demi-hectare par habitant. De plus, le climat tempéré est très favorable à la culture. La France est le premier pays agricole de l'Union européenne : premier producteur européen de blé et de maïs, deuxième producteur européen de vin, troisième producteur mondial de lait, troisième producteur européen de fruits et légumes, cinquième producteur mondial de viande bovine.

Que dire du tourisme ? La diversité de ses paysages, sa culture font de la France le pays le plus visité au monde devant les États-Unis et l'Espagne, avec plus de quatre-vingts millions de visiteurs par an.

La France peut apporter son expertise au travers de grands projets internationaux

La France peut être moteur sur un certain nombre de sujets. Elle en a les compétences et elle doit continuer de s'investir dans les domaines de la recherche et des nouvelles technologies.

Le succès d'Airbus, qui concurrence souvent Boeing, n'est plus à démontrer. Les accords entre Renault et Mercedes sont une réussite. Ils ont réuni leurs synergies pour produire des petits véhicules et des utilitaires en commun pour être plus compétitifs sur certaines gammes de produits.

L'homme donne toujours le meilleur de lui-même quand il est confronté à l'obstacle ; c'est en quelque sorte son adrénaline, sa raison d'être. Le degré de créativité et l'adaptation dont il a toujours fait preuve sont sans limite. Nous sommes à cent lieues d'imaginer toutes les découvertes et inventions qui se préparent dans les centres d'études et qui verront le jour dans les prochaines décennies.

Je voulais vous faire part d'un point de vue personnel, mais qui me tient à cœur.

J'en ai un peu assez d'entendre des commentaires du genre : « Heureusement, des riches font tourner l'économie, alors il ne faut pas les taxer sinon ils vont quitter la France ; et la France va sombrer… »

Je serais tenté de dire que si des « riches » veulent quitter le pays, eh bien qu'ils s'en aillent. Je suis persuadé qu'au moindre petit bobo, ils vont revenir au galop se faire soigner en proclamant partout que nous avons le meilleur système médical !

Parmi les anciennes théories sur l'économie qui nous étaient rapportées, l'une d'entre elles était appelée « théorie du ruissellement ». Cette théorie était basée sur le fait que c'est l'argent des riches qui irriguait l'ensemble de la société. Mais aujourd'hui cette théorie du ruissellement est très controversée, notamment par des organismes comme l'OCDE et le FMI.

Comme je l'ai répété à maintes reprises, la consommation des super riches a un impact limité sur la croissance économique et le développement industriel. La finance mondialisée recherche plus des opportunités de thésaurisation, par exemple à partir de placements spéculatifs.

N'importe quel économiste sérieux vous dira que ce ne sont pas les plus riches qui font tourner l'économie, et ceci pour différentes raisons. La plus grande manne d'impôts qui est récupérée par l'État est bien celle apportée par les moins aisés. Le secret d'une bonne recette d'impôt qui rapporte consiste à faire payer le plus de monde possible. La TVA en est le parfait exemple ; c'est l'impôt le plus injuste qui soit. Le riche a beau consommer plus que le pauvre, cela représentera toujours un pourcentage bien plus faible par rapport à ses ressources. Le riche ne va pas remplir dix caddies en allant faire ses courses à l'hypermarché du coin. Au mieux, il consommera des produits de qualité supérieure mais dans un rapport sans commune mesure avec ses ressources. Quand on a l'estomac plein, on arrête de manger!

Mais déjà, entendons-nous bien sur le terme « riche ». En France, le salaire médian des Français actifs se situe à environ deux mille deux cents euros nets par mois. Dans des tranches supérieures, on peut trouver des gens plus ou moins aisés. Leur aisance pourra être relative, suivant la valeur de leur quotient familial. L'INSEE considère que 10 % de la population fait partie des hauts revenus, et 1 % de la population fait partie des très hauts revenus. C'est ce que j'appellerais, moi, les « très riches ». Mais quand on parle de revenus, il faut bien sûr intégrer tous les revenus du patrimoine : actions, immobilier ou autres, qui leur permettent de bénéficier d'une rente comparable. Personnellement, je n'ai aucun grief envers ces personnes. J'ai beaucoup de respect pour les personnes qui, par leur travail, leur prise de risque, ont eu une réussite professionnelle exemplaire leur permettant de très bien gagner leur vie. Par contre, j'ai un profond mépris pour toutes ces personnes qui ne pensent qu'à spéculer, tromper le fisc ou autres manipulations financières peu scrupuleuses, en faisant payer l'addition aux bien moins lotis qu'eux.

Nous connaissons tous les salaires astronomiques des hauts dirigeants, banquiers d'affaires ou quelques autres grands privilégiés. Ces salaires exorbitants ne se justifient pas et ceci, quelle que soit la valeur de l'individu. On est dans la démesure.

Les responsables de faillites de banques ou de grandes sociétés perçoivent bien souvent des dizaines de millions voire plus, probablement en remerciement ! De plus, ce ne sont pas des cas isolés.

Peu de riches veulent investir dans des PME ou dans l'économie réelle. Cela risquerait de créer des emplois et d'améliorer notre outil industriel en devenant plus compétitif !

La plus grande quantité de leur argent circule, mais principalement dans l'économie secondaire. Ils sont à la recherche de placements *offshore*, ou en quête de sociétés en proie à des licenciements, ce qui leur assure bien souvent une rentabilité hors pair.

Une étude récente d'un groupe d'experts du FMI montre que ce ne sont pas les riches qui boostent la croissance. Cela surprend de prime abord, venant d'un organisme qui défend le libéralisme. Le rapport précise que l'influence croissante des plus riches et la stagnation des bas salaires favorisent l'éclosion de crises économiques. Et de conclure qu'il faut taxer le patrimoine et lutter contre l'évasion fiscale.

Je reconnais que ce rapport à un côté rassurant, dans la mesure où, pour une fois, on nous gratifie d'un discours sensé et honnête. Souhaitons que cela puisse être l'amorce d'une prise de conscience de nos dirigeants. C'est loin d'être gagné, mais cela donne une lueur d'espoir.

J'ai souhaité écrire ce livre non pas par souci d'ego ou désir de reconnaissance. La réalité est plus banale. J'ai grandi dans un milieu plutôt modeste mais dans lequel on m'a appris le respect des individus et de certaines valeurs. Je restais persuadé que le travail était le meilleur moyen pour réussir dans la vie. J'ai appris que pour certaines personnes, il pouvait en être autrement. Je voulais à travers ces écrits informer, alerter sur les mensonges, manipulations et autres bêtises qu'on nous assène trop souvent.

Ces manipulations, qu'elles soient le fait des médias, des hommes politiques, des groupes lobbyistes ou de toute autre catégorie, contribuent à nous induire en erreur sur certains faits, voire de nous abêtir. Le but reste bien sûr de faire du profit pour une certaine classe dirigeante, et ceci à nos dépens.

Si nous ne réagissons pas, je crois que la démocratie risque d'être mise à mal, si ce n'est pas déjà fait. Eu égard aux différents épisodes qui se sont produits dans le passé, nous risquerions de voir ressurgir des mouvements politiques extrêmes, la révolution ou le fascisme. Deux fléaux qui risqueraient de mettre à mal notre liberté et cela, personne ne le souhaite.

TABLE DES MATIÈRES

Imprimé en France
ISBN 979-10-284-0563-2
Dépôt légal : 3e trimestre 2018